草凪 優

女風

実業之日本社

実業之日本社文庫

本書は書き下ろしです。

本作品はフィクションです。実在の個人、団体、事件などとは一切関係ありません。（編集部）

目次

第一章　邪道セラピスト　5
第二章　伝説のソープ嬢　49
第三章　生まれ変わった男　81
第四章　哀愁の女社長　113
第五章　秘密の花園　154
第六章　プロ対プロ　194
エピローグ　236

第一章　邪道セラピスト

1

毎日うだるような熱帯夜が続いている。

深夜零時、加治政輝《かじまさき》は新宿歌舞伎町《しんじゅくかぶきちょう》の雑踏を歩いていた。拭っても拭っても額から汗が吹きだしてくるが、目的地はもうすぐそこだ。もっとも、涼しい部屋でのんびりくつろげるわけではなく、目的地に着いたら着いたで、大量の汗をかくことになるだろう。

ラブホテルに入った。二時間四千円から——このあたりでは安めの料金設定と言っていい。それでも、部屋もベッドも湯船も広々としているから、使い勝手は悪くない。女が部屋で待っているはずなので、加治はフロントを素通りしてエレベーターに乗りこんだ。

部屋の扉をノックすると、ややあって女が顔を出した。

河原凜々子《かわはらりりこ》、二十六歳。加治の四歳年下だ。とはいえ、名前も年齢も本当とは限らない。つやつやと輝く黒髪のショートボブ、色白で整った顔には薄化粧。切れ長の涼やかな眼、すっと通った鼻筋、小さめな唇が上品だ。白いブラウスと黒いタイトスカートに包まれた体は程よく出るところが出ていて、極端なスレンダーでもグラマーでもない。

たいていの男が彼女に対して、可愛《かわい》いという印象をもつだろう。可愛いにも種類があるが、清潔感や透明感あふれる可愛いであり、職場にいれば「お嫁さんにしたいOLナンバーワン」と呼ばれるに違いない。遊び相手ではなく、男に結婚したいと思わせるタイプである。

しかし、凜々子の職業はデリヘル嬢。それもかなりの売れっ子で、一日に十人の男を相手にすることもあるらしい。

「金、先にもらっていいかな？」

加治は部屋に入るなり、右手を上に向けて差しだした。凜々子は表情を変えずにバッグから財布を取りだすと、一万円札を二枚、手のひらにのせた。

加治は女性向け風俗、いわゆる「女風《じょふう》」のセラピストだ。近年、女風はすさまじい勢いで拡大しており、首都圏を中心に二百五十を超える店舗が存在すると言われている。

そのサービス内容を男向け風俗に喩《たと》えると、性感マッサージのようなものだろうか。ただ、女性向けのほうがマッサージに費やす時間が長くなる傾向があり、エステサロンのオイルマッサージやパウダーマッサージに、性的なサービスを付け加えた感じ、という言い方もできるかもしれない。

「今日はマッサージだけでいいのかい？」

受けとった二万円を自分の財布にしまった加治は、意味ありげな眼つきで凜々子を見た。俺は邪道セラピストだからな、と心の中でうそぶきながら。

「……どうしよう」

凜々子は眼を泳がせた。もちろん、逡巡《しゅんじゅん》しているふりだ。

「こっちはべつにいいんだぜ、マッサージだけでも」

加治がニヤニヤしながら言うと、

「あんた、マッサージ下手だからしなくていいよ」

凜々子は一万円札を二枚、追加で財布から抜きだして加治に渡した。さっさとセックスしてくれ、という意味である。

男向け風俗であっても、基本的には性器と性器を結合する本番行為は法律で禁止されている。だが、男と女が密室でふたりきりになれば、なにが起こるのかわからないのが世のことわり。

お互いの合意があればそれは行なわれる。いちおう自由恋愛という大義名分はあるものの、ちゃんちゃらおかしい売買春だ。デリヘル嬢の凜々子にとっては、珍しくもないに違いない。だから彼女は、金でセックスを買うことにためらいがない。

とはいえ、そういう形で客から金をもらうのは、「裏引き」といって風俗業界では御法度《ごはっと》だった。店にバレたら最低でも馘《くび》、下手をすれば五体満足でいられなくなるが、こんなにおいしいビジネスチャンスを逃す手はない。

「いつもみたいなやり方でいいんだな?」

加治は凜々子の頭をポンポンと叩《たた》いた。

「……いつもより激しく」

凜々子は眼を伏せて小さく言った。

「自分が誰だがわからなくなるくらい、めちゃくちゃにしてほしい……」

チラリと向けてきた上眼遣いから、生々しい欲情が伝わってきた。可愛い顔をしているくせに、全身から牝《めす》の匂いを振りまきはじめたので、加治は一秒で勃起した。

「じゃあしゃがめよ」

命じると、凜々子は足元にしゃがみこんだ。加治のベルトをはずし、ズボンとブリーフをめくりおろして、隆々とそそり勃《た》った男根を露《あら》わにする。

「あああっ……」

凜々子はまぶしげに眼を細めて男根を舐《な》めるように見つめてきたが、のんびりしたやり方に付き合うつもりはなかった。加治は男根をつかむと、凜々子の小さな唇に切っ先をねじりこんだ。

「うんぐううううーっ！」

凜々子が鼻奥から悲鳴を放つ。加治はおかまいなしにペニスの全長を収めると、彼女の頭を両手でつかんで腰を動かしはじめた。いきなり容赦ないピストン運動を送りこみ、可愛い顔を犯し抜いていく。

凜々子の求めているのは乱暴に抱かれること――もっとはっきり、レイプ願望があると言ってもいい。

女の中にはレイプ願望のある者が一定数いるようだが、せいぜい自慰のときに妄想するくらいで、現実にそれを求める者など皆無だろう。

たとえ芝居がかった「ごっこ遊び」だとしても、デリヘルの客に乱暴に犯してくれなどと言うわけがないし、プライヴェートな恋人やセフレにも求めることだってできない。普通の男ならドン引きする。話に乗ってくれたとしても、勢い余ってDVにでも発展したら眼もあてられないことになる。

だから彼女は金を払って男を買う。多いときは一日十人の男に買われて荒《すさ》みきった心を、レイプ願望を叶《かな》えることで癒やそうとする。

なにもかも倒錯している、と加治は思う。

そもそも凛々子がデリヘル嬢に堕《お》ちたのは、ホス狂いのせいなのだ。それまでは大手企業で働いていて、それこそ「お嫁さんにしたいＯＬナンバーワン」だったらしいが、ホスト遊びに躓《つまず》いてすべてを失った。貯金は瞬く間になくなり、借金がみるみるうちにふくらんで、返済のために夜の仕事を始めたら、体力が続かなくて昼の仕事ができなくなった……。

つまり彼女は、男を恨んでしかるべき境遇にある。色恋営業の餌食となり、人生を狂わされたのだから、男という「性」そのものに、憎悪のまなざしを向けていてもおかしくない。

男なんて大っ嫌いだと、女王様になって鞭《むち》を振るうとか、男をいじめる痴女プレイをしたがるのなら意味もわかるが、凛々子の性的な願望はあくまでレイプされることなのである。人間の心の中にある闇は、とくにセックスがからんでくると、本当に不可解なことばかりだ。

とはいえ、そんな凛々子と加治は手が合った。

まどろっこしいマッサージなど求めず、追加料金を請求しても黙って支払い、一方的に犯されることを望んでいる彼女は、最高の客だった。

「そらっ！　そらっ！」

加治は思いきり腰を振りたて、凛々子の口唇《こうしん》をしたたかにえぐった。勃起しきった男根を深々と咥《くわ》えこまされている彼女の顔はもう真っ赤で、大粒の涙をボロボロとこぼし、鼻水さえ垂らしている。

それでも加治は決して手綱をゆるめない。凛々子がそれを求めているから、だけではない。

加治は加治で、女を恨んでいるからだ。

女という「性」そのものを……。

そんな連中から金を巻きあげ、あまつさえ肉便器のように扱って欲望を吐きだすことができるなんて、女風のセラピストは本当に素晴らしいビジネスとしか言い様がない。

2

自分の人生のピークは十八歳のときだった、と加治は思っている。

高校三年生の秋の文化祭は、その象徴だ。

北関東の田舎町出身の加治は、地元で五人組のロックバンドを組んでいた。担当はヴォーカルとギター。田舎町とはいえ小さなライブハウスがいくつかあり、月に一度はそこで演奏していた。三十人も入ればいっぱいになる小さなハコだったが、地道な活動が功を奏し、文化祭のステージには三百人、いや四百人近くの観客が駆けつけてくれた。

あのときの興奮は忘れられない。ステージも客席も熱狂を体現し、汗まみれになってビートに身を委ねていた。いまでも眼をつぶって耳をすませば、割れんばかりの拍手や歓声が耳の奥でこだまする。

「東京行って勝負すべきじゃね？　プロになるんだよ！」

調子に乗った加治は、バンドのメンバーに檄《げき》を飛ばした。誰も彼も進学する意思などなく、高校を卒業したら砂を嚙《か》むようなバイト暮らしが約束されている連中だった。それならば、と卒業式の三日後に五人揃《そろ》って上京した。どうせ一度の人生じゃないかと、当時はよく言いあっていた。

しかし、東京暮らしは楽ではなかった。

高い家賃や生活費を稼ぐためにバイトに精を出さなくてはならなかったし、知りあいがほとんどいない中で、ライブのチケットをさばくのは簡単なことではなかった。

とはいえ、マイナーなライブハウスでも定期的に出演していれば、それなりにファンがついてくれるのが大都会のいいところだった。

やはり、田舎とは分母となる人間の数が違う。音楽的にはまだまだでも、加治をはじめとしてヴィジュアルがいいメンバーが揃っていたので、女のファンが熱狂的に支持してくれた。

バンギャと呼ばれるその手の女たちと、加治は片っ端から寝た。地元にいるときもそれなりにモテていたが、上京してからのモテ方は異常なほどだった。それこそ入れ食い状態で、日替わりで女を抱いていた。

セックスをしてやる代償というわけではないけれど、女と食事に行けば勘定を払ってもらい、欲しい服や靴があれば買ってもらった。

罪悪感は一ミリもなかった。バンドのメンバーにさえ呆《あき》れられるほどの放蕩《ほうとう》ぶりだったが、モテない男がフロントマンのバンドなんて売れるわけがないとうそぶき、態度をあらためようとしなかった。

バンドが解散したのは二十三歳のときだった。自分たち程度の実力ではプロになんてなれるわけがないと、上京一年目から思い知らされていたので、よく五年ももったものだと思った。

加治をのぞくバンドのメンバー全員が、解散と同時に地元に帰った。加治が東京に残ったのは、実家の両親と折り合いが悪いという事情もあったが、働かなくても生きていける目算があったからだ。

セフレ以上、恋人未満の女が三人いた。みなひとり暮らしだったので、泊めてもくれたし、食事にもありつけた。キャバクラや風俗で荒稼ぎしているタイプではなく、普通に昼の仕事をしている女たちだったが、三人いればなんとかなるだろうと思った。

実際、二年くらいは三人の家をまわっているだけで過ぎていった。すぐにメンバーを集めてバンドを再開すると口では言っていたが、そんなつもりは毛頭なかった。自分に才能がないことは、自分がいちばんよくわかっていた。

「あなたと一緒にいても未来が見えない」

あるとき、女のひとりに別れ話を切りだされた。三人いるうちの本命と言っていい女だった。というのも、彼女の実家は伊豆《いず》で温泉宿を経営しているらしく、最悪そこの婿養子にでも入るかと考えていたのである。

「女にたかって生きるのは、男として恥ずべきことだよ。もっとしっかりしたほうがいいと思うけどね」

彼女が新しい恋人として連れてきた男に、喫茶店で説教をされた。年は三十くらいだったろうか？　きちんとスーツを着てネクタイをした、大手不動産会社の営業マンだった。

「余計なお世話だよ」

加治は破れたTシャツにライダースの革ジャン、傷だらけのブーツだった。

「俺はなにも強要してない。その女はバンギャなんだ。さっきまでステージで歌ってた男にチンポ突っこまれると、とびきり感じる性癖があるんだよ」

薄汚い言葉遣いで虚勢を張っていても、自分の凋落《ちょうらく》ぶりをしみじみ感じずにはいられなかった。

十八歳の秋、文化祭のステージで演奏していた自分は、たしかに輝いていたはずだった。あのときの輝きは、いまはもうない。ステージなんて二年も離れてしまっている。歌を歌うのだってせいぜいカラオケに行ったときくらいのもので、バンギャを満足させることさえできない。

まるでそのことがきっかけであったように、残りのふたりの女も去っていった。冷たいものだと思った。貞操観念の欠落したバンドマンとはいえ、彼女たち一人ひとりと、それなりに熱く過ごした夜もあったのだ。

女嫌いになりそうだった。

いやもう、はっきりそうなってしまったと言ってもいいが、だからといって女と無関係に生きることができないのが人生の難しいところだ。

男には女を求める本能がある。

柔らかく、いい匂いのする肌に手のひらを這《は》わせ、思いきり抱きしめたいという欲望がある。腕の中でよがり泣かせながら、会心の射精を遂げてすっきりしたいという……。

ホストクラブで働きはじめた。

枕営業でもなんでもして、女から金を搾りとってやろうと思った。それならば、女嫌いの自分と、男の欲望をもてあましている自分に、折り合いがつけられるのではないか？　と考えたからだった。

加治は二十七歳になろうとしていた。ホストとしてデビューするには遅かったが、自分は背が高いし、顔立ちも整っているほうなので、なんとかなるだろうと思った。

なんとかなんてならなかった。

売れっ子のホストは全員加治より年下で、二十歳そこそこのやつまでいた。そんな連中に上から目線で見下され、顎で使われながら働くのはすさまじいストレスだった。

しかも、売れっ子ホストがそういう調子だから、彼らが担当している客も「田舎者」だの「おっさん」だの「いまどきバンドマンって！」などと、いじりたいだけいじり倒してきた。ますます女嫌いになった。

それでも、なんとか見返してやりたくて半年ぐらい頑張ってみたものの、それが限界だった。完全に心が折れてしまい、ホストクラブを辞めた当時は、死ぬことばかり考えていた気がする。

女風の情報をキャッチしたのは、西新宿のラーメン屋で皿洗いのバイトをしているときだった。そのときの店長も年下で、嫌な野郎だったが仕事だけはできた。それに比べて自分はいったいなんだろうと思った。

ただ、人間落ちるところまで落ちきってみると、自然と上昇したくなるようにできているらしい。

いつまでもラーメン屋の皿洗いじゃ埒《らち》があかないと、暇さえあればスマホで仕事を探していたところ、最近、女性向け風俗が流行の兆しを見せているというネット記事が眼にとまった。

これだ！　と胸底で叫び声をあげてしまった。

ホストクラブのように大金が動く世界ではないらしいし、セラピストになるためには宣伝写真の撮影や接客の講習で初期投資もかかるらしいが、とにかくセックスをして女から金をせしめてやりたかった。

身のまわりから女が次々と去っていき、売れないホスト時代には枕営業をするチャンスさえなかったから、当時の加治は女日照りだった。翌日には女風の事務所に連絡を入れ、面接のアポをとった。

3

「もういい」

加治は凜々子の口唇から男根を引き抜いた。

「あああっ……」

荒々しいイラマチオで十分近くも口唇を責められつづけた凜々子は、閉じることができなくなった口から大量の涎《よだれ》を垂らした。白濁した唾液が糸を引いて絨毯《じゅうたん》に落ちていっても、口を押さえることもできないまま、ハアハアと肩で息をしている。

その姿を見下ろしながら、加治は悠々と服を脱いでいった。反り返った男根は凜々子の唾液でヌラヌラと濡《ぬ》れ光り、自分のものながら呆れるほど卑猥《ひわい》な姿になっていた。

「休んでいる暇はないんだよ」

凜々子の腕をつかんで立ちあがらせると、彼女の服も脱がしていった。白いブラウスに黒いタイトスカート——下着は上下とも白だった。ダサいと言えばダサいが、凜々子は頭が悪くない。いかにも事務員ふうの装いもそうだが、自分の容姿には白い下着がいちばん映えることを知っているし、デリヘルの客がそれを喜ぶこともよく理解している。

ブラジャーをはずし、乳房を露わにした。丸々と実った垂涎《すいぜん》の肉房だ。凛々子は着痩せするほうなので、胸のふくらみと対面するといつも驚かされる。こんなにも女らしく迫《せ》りだした乳房を隠しもっていたなんて……。

ここはラブホテル、目の前には巨大なベッドがある。だが加治はベッドには向かわず、白いショーツ一枚になった凛々子を別の場所に引っぱっていった。

「えっ？　ええっ？」

凛々子が不安げに顔色を曇らせたが、

「めちゃくちゃにしてほしいんだろ？」

加治は鼻で笑った。

「そんな女が、ベッドで可愛がってもらえると思ったか？　おまえみたいな牝豚は、ここのほうがお似合いなんだよ」

トイレである。

「便器の上に脚を開いてしゃがんどけ。こっちを向いてな」

高圧的に命じると、加治はいったんトイレから離れ、バッグからあるものを取りだしてきた。トイレに戻ると、凛々子が便器の上にしゃがもうとしていた。プラスチック製の便座が割れてしまうことを懸念したのだろう、便座をあげて、陶器製の便器を直接両足で踏んでいた。

「いい格好だよ」

白いショーツを穿《は》いているとはいえ、屈辱的なM字開脚である。しかも、場所はトイレ。長々と続いたイラマチオのせいで、まだくらくらしているのかもしれない。バランスをとるために両手で左右の壁を押さえていた。本当は頭の後ろに両手を組ませるつもりだったが、それは許してやることにする。

「ほら、おまえの大好物だ」

加治の手には、巨大な電気マッサージ器が握られていた。電源を繋《つな》いでスイッチを入れれば、ヘッドが唸《うな》りをあげて振動しはじめる。

女風のセラピストになる前から、加治はセックスのとき、かならず電マを使うことにしていた。童貞を失ってからしばらくは指や舌だけで前戯を行なっていたが、電マという文明の利器に出会ってからは頼りっぱなしになった。手マンだのクンニだの、かったるい愛撫《あいぶ》に労力を費やすなんて馬鹿げている。電マを使えばあっという間に女を欲情のピークに導けるし、挿入前に二、三度イカせることだって可能だ。

「さーて、どっから可愛がってやろうか？」

加治は卑猥な笑みをこぼしながら、振動する電マのヘッドを凜々子の体に近づけていった。首筋、乳首、白いショーツが食いこんでいる股間……まだ触れることはない。それでも、可愛い顔はひきつっていく。ブーン、ブーン、という重く低い振動音が、狭苦しいトイレの個室に響き渡る。

「あううっ！」

凜々子が鋭い悲鳴をあげた。振動する電マのヘッドが触れたのは、脇腹だ。強く押しつけたわけではない。触れるか触れないかぎりぎりの感じで、左右の脇腹を刺激し、続いて乳房の裾野を責めていく。

「ううう……くぅううーっ！」

凜々子の顔は早くも限界までひきつりきり、眼の下が紅潮しはじめている。便器の上にM字開脚でしゃがまされ、電マでもてあそばれるなんて、普通なら屈辱以外のなにものでもないだろう。

しかし、レイプ願望のある凜々子は興奮する。辱めれば辱めるほど淫らな気持ちを燃え盛らせ、全身で欲情していく。

「くぅううーっ！」

振動する電マのヘッドを内腿《うちもも》に這わせてやると、凜々子は首にくっきりと筋を浮かべた。不安定な便器の上にしゃがんでいる両脚を小刻みに震わせ、きりきりと眉根を寄せていく。

加治はまだ、肝心な部分を刺激していなかった。にもかかわらず、凜々子の股間に食いこんでいる白いショーツは、股布部分に小判形のシミが浮かんできている。

加治が振動する電マのヘッドをそこに近づけていくと、

「あああっ……あああああっ……」

凜々子は切れ長の眼を見開いて、すがるように見つめてきた。恐怖に凍りついているようでいて、その表情からはいやらしすぎる欲情しか伝わってこない。腰がくねりはじめているのだって、股間への刺激を期待してのことだろう。

「クソ生意気な女だな」

加治は吐き捨てるように言うと、振動する電マのヘッドで凜々子の顎をいたぶるようにもちあげた。

「恥ずかしい目に遭わされてるのに、恥ずかしがらずに悦《よろこ》んでいる女は生意気だ。簡単にイカせてもらえると思うなよ」

「……ごっ、ごめんなさい」

電マのヘッドで顎を嬲《なぶ》られながら、凜々子は蚊の鳴くような声で言った。

「謝ってすむなら警察いらないんだよ。だいたい、なんで謝ってるんだ？　なにが悪いのかわかってるのか？」

加治は言いながら、振動する電マのヘッドで凜々子の耳を刺激した。それも強くあてたりはしなかった。軽く触れるだけで、不安定な体勢でいる凜々子の体は、ビクンッ、ビクンッ、と反応する。

「はっ、恥ずかしがらずにごめんなさいっ……」

「いやらしすぎてごめんなさいだろ」

「いっ、いやらしすぎてごめんなさいっ……」

「見たことがないよ、まったく。おまえみたいにドスケベな牝豚は」

「ごっ、ごめんなさいっ……牝豚でごめんなっ……あううっ！」

振動する電マのヘッドを乳首にあててやると、凜々子は喉を突きだしてのけぞった。あずき色の乳首はすでにツンツンに尖《とが》りきり、いまや遅しと刺激を待ちわびている状態だった。

加治が左右の乳首を交互に刺激してやると、凜々子の顔はみるみる真っ赤に紅潮していき、身をよじる動きがとまらなくなった。あえぎ声もそうだった。電マの振動音が掻《か》き消されるくらい、凜々子の口からはあんあんと淫らな声が放たれて、狭苦しいトイレの個室に反響している。

やはり電マは素晴らしい、と加治は思った。手や口だけの愛撫では、乳首を刺激しただけでここまで乱れさせることは難しい。できたとしても、何倍もの時間と労力がかかるはずだ。

「そろそろイカせてやろうか？」

加治は振動する電マのヘッドを凜々子の鼻先に突きつけた。

凜々子はごくりと生唾《の》を呑みこんでから、小さく顎を引いてうなずく。

「イカせてくださいは？」

「イッ、イカせてくださいっ……」

「しっかり足を踏ん張ってろよ。尻から便器に落ちるようなことになったら、チンポ入れてやらないからな」

加治は振動する電マのヘッドを、凜々子の股間に近づけていった。白いショーツの股布に浮かんだシミは大きくなっていく一方で、いまにもアーモンドピンクの花びらの色さえ透かしてしまいそうだ。

シミが浮かんでいるのは肉穴の入口で、もっとも感じるクリトリスはその上端あたりにある。しかし、加治が狙うのはさらに上、こんもりと盛りあがった恥丘である。

女風のセラピストになる前から電マを愛用していた加治は、その使い方にこだわりがあった。愛撫いらずの電マにもひとつだけ欠点がある。そもそも肩などの凝りをほぐすために開発されたものなので、刺激が強すぎるのだ。とくに、敏感すぎるクリトリスを狙ってはいけない。凜々子にショーツを穿かせたままなのもクリトリスを保護するためだ。

振動する電マのヘッドを恥丘にあてると、骨伝導のような感じで中イキに導ける。恥丘の裏側にあるGスポットを刺激できるのだ。

「はっ、はぁうううう－っ！」

電マで恥丘を振動させると、凜々子は乱れに乱れた。必死の形相で壁を押さえながら、ガクガクと腰を震わせ、股間をしゃくるような淫らな動きまで披露する。便器の上でのM字開脚がいまにも崩れて、尻が便器に落ちてしまいそうだ。

「イッ、イクッ！　イッちゃうううう－っ！」

切羽つまった凜々子の声が、狭苦しいトイレの個室に反響した。

「イクイクイクイクッ……イクウウウウーッ！　イクウウウウーッ！　はぁああああああっ……」

ビクンッ、ビクンッ、と腰を跳ねあげて、凜々子は絶頂に達した。便器の中に尻を落とすことからはからくも逃れられたが、あと二、三度続けざまにイカせてやれば、世にもみじめなそんな姿も拝めそうだった。

4

「いやらしい女だな……」

加治は凜々子を抱きかかえて、便器の上からおろした。電マを使って連続絶頂には導かなかった。彼女が便器に尻を落とすところを見てみたい気もしたが、それよりもっとみじめな思いをさせる方法を思いついたからだった。

凜々子の体に残っていた白いショーツを脱がせると、

「こっちに尻を向けろ」

先ほどまで両足をのせていた便器に、今度は両手をつかせた。立ちバックの体勢で尻を突きださせ、自分は反り返った男根にコンドームを被《かぶ》せる。〇・〇一ミリ。世界最薄、熱伝導性にすぐれたポリウレタン素材だ。

「あううっ……」

濡れた花園に亀頭をあてがっただけで、凜々子はぶるっと身震いした。一度だけとはいえ、電マでイッたばかりの彼女の体は、すでに火がついている。

「いくぞ……」

加治は腰を前に送りだし、ずぶずぶと入っていった。凜々子の中は、予想通りに熱かった。いやらしいほど熱を孕《はら》んだヌメヌメした肉ひだが、男根の侵入を歓迎するかのように吸いついてくる。しかも、したたるほどに濡れているのに締まりは抜群。売れっ子デリヘル嬢の面目躍如といったところか。

「んんんーっ！」

最奥まで貫くと、凜々子はくぐもった声をもらした。体中をこわばらせ、こちらが動く前から身をよじりはじめる。

「どうだ？　便所で犯される気分は」

加治はゆっくりと腰をまわし、肉と肉とを馴染《なじ》ませた。肉穴は濡れすぎるほど濡れているのでそんな必要もなかったが、ずちゅっ、ぐちゅっ、と卑猥な肉ずれ音がたつのが楽しい。

「どうだって訊《き》いてるんだぞ？」

腰の動きを、グラインドからピストン運動に変える。フルピッチの五割ほどの勢いで、出しては抜き、抜いては出す。尻の双丘をぐっと開いて、男根が出たり入ったりするところを悠然と眺める。

「きっ、気持ちいいですっ……」

凜々子が上ずった声で言った。

「もっと気持ちよくしてほしいのか？」

「しっ、してくださいっ……」

「突いてほしいのか？」

「もっと突いてっ……」

「ダメだな」

加治は非情に言い放った。

「便所でイクような肉便器には、こっちがお似合いだ」

再び電マをつかむと、スイッチを入れた。ハーフスピードでピストン運動を送りこみながら、振動するヘッドを恥丘にあてがう。

「いっ、いやっ！　いやあああああーっ！」

凜々子はひどく焦ったようだ。彼女にはこれまで、結合状態で電マを使ったことがない。体の相性が悪くないので、電マなどなくても結合すればお互いに夢中になれるからだ。

しかし、いつもより激しくしてほしいというリクエストを受けた以上、プロのセラピストとしては期待に応えないわけにはいかなかった。いや、もっと単純に、容姿だけならたまらなく可愛らしい凜々子を、便所という不浄の場所でよがり狂わせてみたかった。

「ダメダメダメえええーっ！　イッ、イッちゃうっ！　そんなことしたらすぐイッちゃううう──っ！」

男根の抜き差しと恥丘振動の波状攻撃に、凜々子は為《な》す術《すべ》もなく快楽の海に溺れていく。

「イッ、イクッ！　イクウウウウウウ──ッ！」

ビクンッ、ビクンッ、と腰を跳ねあげて絶頂に達しても、加治は凜々子を休ませなかった。むしろ腰使いに熱をこめ、フルピッチの連打を浴びせる。パンパンッ、パンパンッ、と尻を打ち鳴らし、凜々子が快楽の頂点からおりてくるのを許してやらない。

「やっ、やめてっ！　イッてるからっ！　もうイッてるからあああ──っ！」

泣き叫ぶような哀願にも、加治は決して応えなかった。なるほど、女は一度絶頂に達すると体が過度に敏感になり、性感帯を刺激しても気持ちがいいというよりくすぐったいらしい。

だが、それでも男が責めつづけると、女の体は順応してくる。くすぐったいという扉を開けて、次の快楽ステージに向かうのである。

「ああああっ、ダメだからっ！　ダメダメダメええええっ……ああっ、ダメなのにイッちゃうっ！　またイクウウウウ──ッ！」

凜々子が再び腰を跳ねあげてオルガスムスに達したので、加治は恥丘から振動する電マのヘッドを離し、ピストン運動もいったんとめた。それでも凜々子の体は震えている。ぶるぶるっ、ぶるぶるっ、と体中を痙攣《けいれん》させている。

「ゆっ、許してっ……」

凜々子が振り返ってこちらを見た。黒髪のショートボブがよく似合う可愛い顔は淫らなまでに紅潮し、涙と汗で濡れ光っていた。

「もっ、もう立ってられないっ……立ってられないのっ……」

両脚をガクガクと震わせながら言う。立っていられないからベッドに連れていってほしい、というわけだ。

「めちゃくちゃにしてほしいんだろ?」

加治はニヤリと笑いかけた。

「お望み通りのサービスをしてるのに、しらけるようなこと言うなよ」

ぐりんっ、ぐりんっ、と腰をまわし、硬く勃起した男根で肉穴の中を掻き混ぜる。凜々子自身が立っていられないほど消耗していても、彼女の中の肉ひだはいやらしいほど熱くたぎり、男根にからみついてくる。

「ああぁっ……」

凜々子が眉根を寄せて眼をつぶり、前を向く。

「本番はこっからだからな」

腰のグラインドをピストン運動に移行していく。再びハーフスピードで抜き差ししつつ、加治は左手の中指を口に含んだ。唾液をたっぷりとまとわせて、こちらに向けてさらけだされている禁断の排泄《はいせつ》器官にずぶりっと埋めこんだ。

「いっ、いやあああーっ！」

凜々子が再び振り返り、眼を見開いてこちらを見た。尻尾を踏まれた猫のような顔をしていた。驚愕《きょうがく》と憤怒に彩られた表情が、次第におぞましさに塗り潰されていく。

「そっ、そこはやめてっ……触らないでっ……」

「どうしてだよ？」

加治は鼻で笑った。

「ケツ穴とオマンコは8の字の筋肉で結ばれてるんだぜ。つまり、ケツ穴をひろげれば、オマンコが締まる。締めてみろよ、もっと。オマンコキツキツにして、俺のチンポを悦ばせろよ」

加治の右手には電マが握られていた。スイッチも入れたままだ。振動するヘッドを、左手の甲にあてた。必然的に、アナルに埋めこんだ中指にも振動が伝わる。そうなればただの指ではなく、即席のローターだ。

「ああっ……あああああっ……」

見開かれていた凜々子の眼が細められ、限界まで眼尻がさがっていく。怯《おび》えているように見えるが、彼女はいま、未知の快感を味わっている。怯えたような顔をしているのは、排泄器官への刺激があまりにも気持ちがいいからだ。

もちろん、アヌスだけを単独に刺激していれば、いきなり気持ちがよくなったりしないだろう。加治はピストン運動をやめていなかった。ねちっこい腰使いで、ハーフスピードのピストン運動を送りこみつづけている。

「やっ、やめてっ……くださいっ……」

凜々子の双頬《そうきょう》を大粒の涙が濡らした。

「はっ、恥ずかしいから、お尻はっ……お尻は許してっ……」

「なにをカマトトぶってやがる」

加治は一笑に付した。

「恥ずかしくても、気持ちいいんだろう？　オマンコは気持ちよさそうだぜ。どんどん締まりがよくなっていく」

嘘《うそ》ではなかった。振動する中指でアヌスを刺激しはじめてから、男根への吸いつきが尋常ではない。ぎゅうぎゅうと締めつけては、いやらしい蜜を大量にあふれさせる。まるで、もっと突いて！　と哀願しているかのようだ。

加治は期待に応えてやることにした。

アヌスに指を埋めこんだまま、ピストン運動のピッチをあげていく。ずんっ、ずんっ、と一打一打に力をこめた渾身《こんしん》のストロークで、子宮をしたたかに打ちのめしてやる。

「あああああああーっ！」

凜々子は振り返っていられなくなり、前を向いた。顔が見えなくなっても、彼女が感じていることははっきりと伝わってきた。

両脚はガクガクと震えっぱなしだし、背中に汗の粒が浮かんできている。電マで一度、さらにバックスタイルで連続絶頂に導かれてからのアヌス責めである。全身から汗が噴きだすほど刺激的に違いない。

「ああああああーっ！　はぁあああああーっ！　はぁああああああーっ！」

ずんっ、ずんっ、ずんっ、と最奥を突きあげるほどに、凜々子の声は甲高くなっていった。ただ甲高いだけではなく、色香の彩りも濃厚になっている。まさしく発情した牝のあえぎ声、男の本能を揺さぶるセクシーミュージックだ。

トドメを刺すときがきたようだった。

加治は右手に持った電マのヘッドを、左手の甲にあてていた。ピストン運動を送りこみながら、アヌスに埋めこんだ中指を振動させるためだが、振動させるポイントを別の場所に移した。

再び恥丘である。

「はっ、はぁおおおおおおおおおおーっ！」

凛々子が獣じみた悲鳴をあげる。恥丘に電マの振動、アヌスに指、肉穴に渾身のストロークでは、売れっ子デリヘル嬢でも半狂乱になるしかないようだった。女が燃えれば男も燃える。獣じみた悲鳴を撒《ま》き散らしてよがりによがる凛々子の姿に、加治の興奮もレッドゾーンを振りきった。パンパンッ、パンパンッ、と尻を鳴らす怒濤《どとう》の連打で、突いて突いて突きまくってやる。

「ダッ、ダメッ……ダメダメダメッ……イッ、イッちゃうっ！　またイッちゃうっ！　イクイクイクイクイクーッ！」

オルガスムスに胴震いした次の瞬間、凛々子の両膝がガクッと折れた。ナイスタイミングだった。加治が男根と指を引き抜くと、立っていられなくなり両膝を床についた。

加治が男根からコンドームをはずすのと、凛々子が便器に顔を突っこんだのがほぼ同時だった。これ以上なくみじめな姿の女の尻に狙いを定め、加治は男根をしごきたてた。

「おおおっ……出るっ！　出るぞおおおーっ！」

ドピュッと噴射した白濁液が、ぶるぶると震えている凛々子の尻丘に飛び散っていく。ドクンッ、ドクンッ、と射精の衝撃が訪れるほどに、男根の芯に灼熱《しゃくねつ》の快感が走り抜けていき、身をよじらずにはいられない。

「……ふうっ」

すべてを放出すると、ハアハアと息があがっていた。会心の射精だった。四つん這いの格好で便器に顔を突っこんでいる可愛い二十六歳、その尻を穢《けが》している湯気の立ちそうな白濁液——芸術的とも思える目の前の光景に、加治の満足感は高かった。ベッドに寝っ転がって冷たいビールでも喉に流しこみたかったが、

「おいっ！　いつまで浸《つ》かってるんだっ！」

便器に顔を突っこんだまま四肢だけをピクピクと痙攣させている凜々子の髪をつかみ、顔をあげさせた。便器には水が溜《た》まっているから、溺死する可能性もゼロではない。そんなことになったら、さすがにシャレにならない。

「どうした？　気持ちよすぎて失神したのか？」

ピシピシと頬を叩いてやると、凜々子はゆっくりと薄眼を開けた。黒い瞳は淫らなほどに潤みきり、焦点がまるで合っていなかった。

「次はベッドで可愛がってやるから、さっさと顔洗ってこい。いや、尻にザーメンもぶっかけたから、シャワーのほうがいいな。マッサージをパスしたからって、ダラダラしてっと時間がなくなるぞ」

活を入れるように尻をビシッと叩いてやると、凜々子は「ひっ！」と悲鳴をあげ、四つん這いのままのろのろとバスルームに向かっていった。

5

女風の仕事を終えたあとは——とくに、凜々子のように手の合う女とハードなプレイに淫したあとは、とてもまっすぐ家には帰れない。

興奮を冷ますのはアルコールに限る。懐は温かかった。トイレで失神するほどイキまくらせたあと、ベッドでもたっぷりといじめ抜いてやったので、凜々子は別れ際にチップをくれた。

まったくいい女である。裏引き上等のデリヘル嬢と違い、女風のセラピストは普通、正規サービスではない本番行為をしても追加料金なんて求めない。二時間で二万円という料金設定なら、それ以上はかからないのだが、凜々子は、掟破《おきて》りの邪道セラピスト・加治が求めた追加料金二万円に加え、チップを三万円も渡してくれた。

鼻歌でも歌いたい気分で歌舞伎町のラブホテル街から新宿三丁目まで歩いた。

深夜二時を過ぎても歌舞伎町の賑《にぎ》わいはおさまる気配がなかったが、靖国《やすくに》通りを越えると行き交う人の数も減ってくる。

目当ての鮨屋《すし》は、残念ながら臨時休業だった。他にあてもなかったので、とりあえず冷たいビールで喉を潤しながら次の展開を考えることにし、眼についたバーに入った。

地下一階にある店だった。重厚な木製の扉を開けた瞬間、しまった、と思った。薄暗い店内にカウンターが五席あるだけの小さな店。他に客は誰もおらず、ボッタクリバーのようなあやしげな雰囲気が漂っている。

扉を閉めて踵《きびす》を返そうとしたとき、カウンターの中に立っている男と眼が合った。日焼けした顔に短く刈りこんだ髪、黒いスーツが窮屈そうなずんぐりとした体軀《たいく》──知っている人間だった。

「なにやってるんですか？　土田《つちだ》さん……」

加治はキョトンとして声をかけた。

「まさか知らない間に商売替えしてたとか？」

「いやいや。ここは友達の店でね。カミさん孝行の旅行に行くってんで、三日ばかり代役を頼まれたのさ」

土田の柔らかな笑顔に釣られ、加治も笑った。土田がいる店ならボッタクリバーなわけがないから、店に入って止まり木に腰をおろす。

土田穣二《じょうじ》、五十歳──加治と同じ店で働いているセラピストの先輩だ。自分よりキャリアが長くても、あるいはずっと年上であったとしても、同じ店で働いているセラピストに対して、先輩だと思うことはない。全員、同僚だ。

だが、土田だけは例外だった。二年前に女風の仕事を始めたとき、講習を担当してくれたのが彼だからである。セラピストとしての心構えから仕事の流れ、女を悦ばせる基本的なテクニックまで、加治はすべて土田に教わった。それを忠実に守って仕事をしているとは、とても言えないが……。

「とりあえずビールもらえます?」

加治が言うと、土田は笑顔でうなずいて緑色の瓶をカウンターに置いた。キリンのハートランド。悪くない。あくまで個人的な感想だが、このビールがある店はあたりである確率が高い。

「一緒に飲みましょうよ」

土田に酌をし、乾杯をする。

「仕事してるのかい?」

「えっ?　こう見えて仕事帰りですよ。歌舞伎町のホテル」

「おまえさんは仕事帰りでも仕事帰りに見えないねえ。普通はもっとぐったり疲れてるもんなのに、活《い》きいきしてやがる」

土田が笑う。柔和な笑顔が持ち味の彼だが、どこか皮肉めいた笑い方だった。

「そりゃ活きいきもしますよ。出すものだして金もらって……女風って、マジで夢のような商売ですよね」

「相変わらず手抜き仕事か……」

土田が眉をひそめる。

「手抜きじゃないですよ。俺は女に求められているものを提供しているだけですから」

「教えた人間が悪かったのかねえ……」

土田は苦虫を嚙みつぶしたような顔になった。

「いやいや、土田さんの言いたいことはわかりますよ」

加治はグラスのビールを飲み干した。一本目が空になってしまったので、二本目のハートランドを頼む。

「カウンセリングしてマッサージして女の心と体を解きほぐす……そういう段取りくらい知ってる。でも、女が女風に求めてるものって、結局のところセックスなんですよ。熱いのを一発お見舞いされたい」

「そりゃあ、金もらって女抱いて、出すもん出してるだけのやつがする、都合のいい言い訳だ」

「俺の客はそういうタイプが多いんですよ。マッサージなんて面倒くさいから、さっさと抱いてくれってタイプ」

「大口叩いているわりには、指名が増えないみたいじゃないか」

土田の言葉を、加治は苦笑で受け流した。指名数は少なくても追加料金もらってるからトントンですよ、とは言えなかった。土田は人気の高いセラピストであると同時に、店の幹部でもあるので、裏引きしていると公言することなんてできない。

「でも……」

加治は意味ありげな笑みを浮かべながら土田を見た。

「土田さんだってしてるんでしょう？　客とセックス」

痛いところを突いてやったつもりだった。土田は講習のときに言っていた。女風は女とセックスするところじゃない。手マンとクンニ、あるいはラブグッズを使ってイカせなければならない、と。

どこの女風の店でも、表向きはそういうことになっている。だが、実情は全然違う。セックスをするセラピストのほうが圧倒的に多数派だ。もちろん、女が求めなければできないし、ペニスの挿入までは求めない客も一定数存在する。たとえセラピストがセックスを迫っても、女に断る権利があるところが女風の長所とも言える。

「しないねえ」

土田は真顔で首を横に振った。

「女風の客を抱いたことは、ただの一度もない」

「嘘でしょ」

加治は笑った。笑うしかなかった。

「じゃあ、女が求めてきたらどうするんです？」

「できない理由を説明するよ」

「本番行為は法令違反ですって？」

「そうじゃない」

土田はもう一度首を横に振った。今度は真顔ではなく、少し哀《かな》しげな顔をしていた。

「EDなんだよ」

「はっ？」

「勃たないんだ」

「……マジすか？」

「マジだよ」

土田はビールを飲み干すと、ロックグラスをふたつ、カウンターに並べた。ウイスキーのオン・ザ・ロックをつくり、ひとつを加治の前にすべらせてきた。風格のあるボトルに入った見るからに高そうな酒だったが、断ることはできなかった。話の続きが聞きたかったからだ。

「俺が女風の世界に足を踏み入れたのは、いまから五年前。四十五歳のときだったな……」

オン・ザ・ロックのグラスを傾けながら、遠い眼になっていく。加治は身を乗りだしそうになった。土田は謎の多い人間だった。まず五十歳という年齢がセラピストとしては高齢すぎる。しかも容姿がお世辞にもいいとは言えないのに、常《つね》の指名数がベストスリーに入っている売れっ子なのだ。

もちろん、若くてイケメンなら売れるという安易な世界ではないし、四、五十代のセラピストには、四、五十代の客という需要がある。あまりにも年下の相手だと腰が引けてしまうのが女心なのである。

それにしても、土田の人気ぶりは尋常ではない気がした。セックスがうまいに違いないと、加治は密《ひそ》かに思っていた。ねちっこいセックスで年配の客をメロメロにしているのだろうと……。

だが、土田はEDだという。セックスができないのに売れっ子セラピストである秘密が聞けるのなら、このオン・ザ・ロック一杯に牛丼十杯分の値段がつけられていても、少しも惜しくない気がした。

「ちょうど、いろんなことの転換期だったんだ。人生における変化っていうのは、まとめてやってくるものなのかもしれない。俺は四十五歳のとき店を潰した。こう見えて古物商だったんだ。金がなくなり、借金だけが残った。それまで仲間だと思ってた連中が寄りつかなくなったのはいいとして、付き合っていた女もみんな逃げていった。はっきり言って艶福家《えんぷくか》だったからな。いい歳《とし》して独身のまま、何人もの女と同時に付き合っていたんだよ。風俗なんかにもよく行った。吉原《よしわら》に通いたいがために浅草《あさくさ》に住んでいたくらいさ……」

　加治はオン・ザ・ロックをひと口飲んだ。まったく味がしなかった。土田の話が、あまりにも身につまされたからだ。

「店を潰し、女たちに逃げられ、残ったのは借金だけ……さすがにこたえたよ。ストレスで酒量も増えて、見るからに不健康な顔になっていってね。それである朝眼を覚ますと、ムスコがちんまりしたままだった。どんだけ深酒しても朝勃ちしなかったことなんてないのに……あわてて家中の金を掻き集めて安いソープに行ったんだ。気立てのいい女が出てきたが、勃たなかった。精力絶倫が自慢だったのに、ついにEDだ。こりゃもうダメだって、首括《くく》って死のうと思った。女を抱けない人生なんて意味がないって……」

「本気で死のうとしたんですか？」

「本気だよ。ホームセンターでロープ買って、でっかい公園に枝振りのいい木を探しにいってね……それでまあ、ロープを枝にかけて、いままでの人生をちょっと振り返ったんだ。笑って死にたいから、いい思い出だけを思いだそうと思った。仕事がうまくいってた時期もあるし、競馬で大勝ちしたこともある。地方に出張すれば土地土地の旨《うま》いもん食って、旨い酒飲んで……でも、そんなことはどうだっていいことだった。俺の人生を彩ってくれたのは、やっぱり女だった。この世に生まれてきてよかったって思わせてくれたのも、自分が誰だかわからなくなるくらいの快感を味わわせてくれたのも、女だった……女とセックスしているときだった……」

「つらいっすねえ……」

加治は熱くなった目頭を指で押さえた。涙をこらえるために、オン・ザ・ロックをぐびりと飲む。

「で、そのとき、ちょっと待てよ、って思ったんだ。こんなにも俺の人生を彩ってくれた女たちに、恩返ししないで死んでいっていいのかって……」

「女に恩返しするためにセラピストになったんですか？」

「ああ。五年前はまだ、女風なんてほとんど世間に知られていなかったんだ。まだ何店舗しかなかったし、女向けの風俗なんて儲《もう》かるわけがないって思われていた。でも、俺は女風を知っていた。馴染みのソープの店長に、働いてみたらどうかって勧められたんだ。土田さんくらい女好きなら、絶対人気出ますよって。俺が店を潰したって話をどっかで小耳に挟んだんだろう、懐具合を心配されたのかもしれない。彼の知りあいがうちの社長だったんだ。こっちはEDで死ぬことばかり考えてたときだったけど、まあその男の顔を立てて一杯飲んだ。表向きは本番禁止でも、実際には客もセラピストも本番を求めている、って哀しげな顔で言ってたな。そこまでやらなくても女性向け風俗は成り立つはずだって。本番なしを徹底したほうが女風はメジャーな存在になれるって……」

土田はオン・ザ・ロックを飲み干すと、ボトルから酒を注《つ》いだ。加治のグラスにはまだ酒が残っていたが、注ぎ足してくれる。

「うちの社長が本番行為を奨励していたら、俺はセラピストにはならなかったよ。EDなんだからなれるわけないしね。でも、本番行為なしでも女を癒やせるって志があるなら、微力ながら力になりたいって思った。死ぬのが怖くなったわけじゃない。死ぬことなんていつでもできるって思ったからこそ、開き直って女風の世界に飛びこむことができた」

「紙パンツの女をマッサージしてて、ムラムラしてくることはないんですか？」

「ない」

ガンッ、と音をたてて土田はグラスをカウンターに置いた。

「ムラムラしている暇なんてないんだ、本気で仕事をしていれば。施術中は女から眼を離さず、反応を逐一チェックしてなきゃならない。どこが感じてなにを求めているかがわかってきたら、そこから先の展開を何パターンも想定して、ベストをチョイスする必要がある。セックスしてるときみたいに、興奮のまま腰を動かせばいいってもんじゃないいんだよ」

「でも、客の女はやっぱりセックスを求めてるんじゃ……」

「そうかもしれない。でも、俺が提供するサービスはセックスとは別の、セックスを超えるようなものでありたいと思ってる。いや、女風業界全体が、そういう方向を目指すべきなんだ。そういう観点で見れば、俺のＥＤはセラピストとして最大の武器だ」

「セックスを……超える……」

さすがにそれは言いすぎだろうと、加治は鼻白んだ。世の中にはオナニーはセックスより気持ちがいいと豪語する狂信的オナニストがいるらしい。だが、オナニーはあくまでセックスの代わりだ。セックスができない場合にセックスを想像してするものであり、オナニーのほうが気持ちがいいわけがない。

土田の話も狂信的オナニストの主張に近く、性器を結合しないマッサージがセックスを超えるとは思えなかった。

「信じてないな、俺の話」

土田が眉をひそめて睨《にら》んできた。

「いや、まあ……EDはお気の毒だと思いましたけど……」

「証明してやろうか？」

「はっ？」

「セックスを超える性感マッサージが存在することを証明できるんだが、おまえさん、それを知りたいかい？」

「えっ……いやっ……」

加治が口ごもると、

「いい加減腹を括れよ」

土田は太い息を吐きだした。

「セラピストになって二年、雑なセックスしか能のないおまえさんのような人間は、このままだと重大なトラブルを引き起こすか、悪事がめくれて社長にツメられるしかないんだぞ。指名が増えなくても涼しい顔なのは、どうせ裏引きでもしてるんだろう？」

「いやいや、まさかそんなことは……」

焦って否定したせいで、図星を突かれたようになってしまった。

「今夜ここで偶然俺に会ったのは、おまえさんにとって幸運だな。これはチャンスだ。おそらく最後の……女風のセラピストを続けたいなら、一回くらいは真摯に仕事と向きあってみろよ。それができないなら、尻尾を巻いて逃げだしたほうがいい」

土田がボトルを持って酒を勧めてきたので、加治はオン・ザ・ロックを一気に飲んでグラスを空けた。グウの音も出なかった。

第二章　伝説のソープ嬢

1

上京してから十二年、新宿周辺を生活圏にしてきた加治にとって、浅草は馴染《なじ》みのない土地だった。地下鉄銀座《ぎんざ》線をおりて地上に出ると、馴染みがないにもかかわらず、どこか懐かしい街並みに感じられたのが不思議だった。

とはいえ、気温が摂氏三十五度を超える猛暑の中、延々と三十分以上も歩きつづけるのは苦行以外のなにものでもなかった。

「まだ昼前だぜ。たまんねえな、地球温暖化……」

時刻は午前十一時をまわったところ。目的地までは駅からタクシーで千円くらいの距離らしいが、加治は無駄金を払うのは極力避けるタチだった。自分の貧乏性を、こんなに恨めしく思ったことはない。

「明日、ここに行ってきな」

土田にメモを渡された。ゆうべ、新宿三丁目のバーでのことだ。

「なんですか？〈吉原ソープランド　セザンヌ〉？」

「おまえさん、風俗遊びをしたことないいんだろう？」

たしかにない。そのことを講習のときに土田に言ったことも覚えている。金を払ってまでセックスしたいと思ったことは一度もない。

「曲がりなりにも女風のセラピストをやってるんだ。鍛え抜かれたソープ嬢の仕事ってのがどういうもんなのか、体験しておいて損はないぜ」

「ここに行けば、セックスを超えたマッサージが味わえるんですか？」

加治は眉をひそめた。そもそもソープランドというのは、本番ありのサービスを提供するところではないのだろうか？　売春防止法があるとはいえ、世の中なにごとにもお目こぼしがあるもので、ソープとちょんの間はその代表格だ。

「ああ、そうだよ。あえて本番なしで接客してくれって、店と女には俺が話をつけといてやる」

「馬鹿高い料金は払えませんよ」

「格安店じゃないが、高級店でもない。九十分三万円、まあ、大衆店と言ったところか」

「三万円なら、まあ……」

払えない額ではなかった。凜々子から金をせしめたことだし。

「予約時間は昼の十二時な。遅刻するんじゃないぞ」

「はっ？　どうしてそんな早く……」

「口開けの時間だよ。気持ちがいいじゃねえか、一番乗りの客になるのは」

それはあんたの好みだろ、と加治は思ったが黙っていた。裏引きについて疑惑をもたれている以上、土田に逆らうのは得策ではない。

それに、セックスを超えるマッサージというものにも、好奇心をくすぐられていた。本当にそんなものが存在するなら、ぜひとも体験してみたかった。

どうせつまらない泡踊《あわおど》りだろう――という思いがなかったわけではない。このまま女風の仕事を続けていても、どん詰まりになる予感があった。その点は、土田の指摘する通りだった。荒《すさ》みきった生活と仕事ぶりに、他ならぬ加治自身がいちばんうんざりしていた。

「……ふうっ」

うだるような猛暑でも、仲見世《なかみせ》や浅草寺《せんそうじ》は観光客で賑《にぎ》わっていた。華やかな浴衣姿の女もちらほら見えるし、外国人の姿も珍しくない。だが、花やしきを横眼に見ながらひさご通りを抜け、言問《こととい》通りを渡ってさびれた商店街に入ると、観光客の姿はパタッと消えた。行き来しているのは自転車に乗った地元民や、だらしない格好でパチンコ屋に向かう夜職の女くらいのものである。

スマホで地図を確認すると、そこは千束《せんぞく》通り商店街というらしい。かつて栄華を極めた色街・吉原は現在、その名を地図に残していない。所在地は、千束四丁目。つまり、目的地はもうすぐそこだ。

適当なところで左に曲がると、目の前にあやしげな看板が林立していた。どれもソープランドの看板なのだろう。ひと目でピンクゾーンとわかる景色だったが、びっくりするほど人影がなかった。

ソープランドなら新宿にもある。行ったことはないが、有名人御用達として知られる店の場所を何軒か知っている。どこももっと賑わっている通りにある。こんな人通りのないところで商売になるのだろうか?

だが、すぐにそんなことは言っていられなくなった。

地図に従って細い裏路地に入っていくと、〈セザンヌ〉の看板が眼に飛びこんできたからだ。

地味な店構えだった。吉原に入ってから眼についたソープランドには、総じて似たような印象を受けた。もっとも、夜になれば看板やネオンが輝きだし、色と欲とが火花を散らす妖しげな雰囲気になるのかもしれない。カンカン照りの真っ昼間では、色街の威厳も形無しだ。

何度か深呼吸してから店に入った。自動扉が開くとすぐに受付で、黒服の男がカウンターの中に立っていた。

「いらっしゃいませ」

男は礼儀正しかったが、とにかく建物の古さに驚かされた。完全に昭和の遺物である。ずいぶん前のことになるが、値段の安さに釣られて入った場末のラブホテルによく似た雰囲気だった。

「加治という者ですが……あのう、土田さんの紹介で……」

おずおずと伝えると、

「ああ」

黒服の男は眼を輝かせた。

「ご連絡いただいております。マユミさんですね？」

「はい」

そういう源氏名のソープ嬢を指名しろと土田に言われていた。土田と魔羅《まら》兄弟になるのは嫌だったが、ＥＤ話が本当なら、通いつめてやりまくっていたということはないだろう。腕のいいマッサージ師をシェアすると考えれば、それほど嫌悪感はわいてこなかった。

「こちらがマユミさんになります」

タブレットで写真を見せられた。長い黒髪に丸い顔をした女が、黒いキャミソール姿で映っていた。

加治は一瞬、凍りついたように固まってしまった。極端なブスというわけではない。びっくりするほどのデブでもない。ただ、名前の隣に記された年齢が四十歳だったのだ。

昨今の風俗嬢は、極端な低年齢化が進んでいるはずだった。底なしの不況が、手っ取り早く稼げる風俗業界に女を殺到させているから、新宿のピンサロ、ファッションマッサージ、デリヘルなどでは、成人式を迎えたばかりの嬢も珍しくない。いや、十代の立ちんぼだって社会問題化するほど大量発生しているし、マッチングアプリを使えば援交少女なんて入れ食い状態だ。

「お気に召しませんか？」

黒服の男が微笑を浮かべて訊《たず》ねてくる。

「いや、その……」

加治はこわばった顔で返した。

「この人、本当に四十歳？」

「本当は四十二歳ですけどね」

黒服はわざとらしく声をひそめ、含み笑いとともに言った。

「なっ、なるほど……」

加治はますます顔をこわばらせ、眼を泳がせた。もう一度タブレットの写真を見た。童顔のせいか、あるいは画像を修整しているのか、せいぜい三十代半ばにしか見えないが……。

「他にも女の子がおりますよ」

黒服が言った。

「まだ口開けですから、あとふたりほどしかいませんが……」

「でも、土田さんがマユミさんをぜひ指名しろと……」

「うちの店としましても、マユミさんはイチ押しです。年齢はともかく、仕事に間違いがありませんから」

「なるほど……じゃあ、マユミさんでお願いします」

加治は覚悟を決め、黒服に三万円を支払った。それから、靴を脱いでスリッパに履き替えた。そういうところも、なんだか昭和じみている。よれよれのカーテンの向こうにある待合室にあったのは、スプリングが飛びだしそうなほど古ぼけたソファで、いよいよ先行きが不安になってきた。

「……ふうっ」

座り心地の悪いソファに背中をあずけ、天井を見上げる。なにも期待しないほうがいいという自分と、少しは期待していいのではないかという自分が、心の中でせめぎあっている。

あの土田が、あれだけ自信満々に推薦してきた店であり、ソープ嬢なのだから、なにもないということはちょっと考えづらかった。

土田は間違いなく、女風業界を代表するセラピストのひとりである。若くもなく、イケメンでもないのに、店で三本の指に入るほどの指名数を誇るのだ。そんなリビングレジェンドが、ただ自分をからかうためだけに、この店を紹介し、あの女を指名しろと言ったとは思えない。

だが逆に、なにかあるとすればいったいなにがあるのだろう？

四十二歳のおばさんにいったいなにができるのか？

加治の心はすでに折れかけている。土田の顔を立て、他の女を指名するようなことは厳《げん》に慎んだが、これからいやらしいことをしてやるぞ、というセックスには不可欠の淫心めいたものが風前の灯火《ともしび》だった。

2

「お待たせいたしました、お部屋の準備ができました」

黒服の男に呼ばれ、加治は待合室から出た。

「階段の途中で女の子が待っております。ごゆっくりどうぞ」

加治は軽く会釈して、やたらと狭く急な階段をのぼっていった。四十二歳のおばさんをつかまえてなにが女の子だ、と胸底で悪態をつきながら……。

「いらっしゃいませ」

階段の踊り場に、マユミが立っていた。黒いキャミソール姿だった。深々と頭をさげたお辞儀の仕方が綺麗《きれい》だった。

「お部屋、三階になります」

階段を三階まであがり、部屋に入った。洗い場こそ六畳くらいあり、普通の住宅にはあり得ない広さだったが、予想通りに古ぼけた空間だった。年季の入りすぎたタイル貼りの浴槽、ドアがきちんと閉まらないクローゼット、ベンチにバスタオルを敷いただけのようなベッド……。

「やだ、すごい汗」

スリッパを揃《そろ》えてあとから部屋にあがってきたマユミが、加治の背中を見て言った。猛暑の中、浅草駅から三十分以上も歩いてきたので、Tシャツは絞れそうなほど汗を吸っている。

「干しておきますから脱いでください。帰るまでに少しは乾くから……」

いそいそとハンガーを出し、加治が脱いだTシャツを干してくれたマユミは、思ったよりも悪くなかった。顔立ちは写真で見たより可愛《かわい》らしいし、手脚を露出した黒いキャミソール姿は厚みがあってセクシーだ。

しかし、いかんせん四十二歳という年齢が所作に出てしまっている。おばさんっぽさを隠しきれない。Tシャツの乾きやすい場所を探して部屋の中をうろうろしている様子を見ていると、小学生のときに友達の家で、友達の母親に似たようなことをされた記憶が蘇《よみがえ》ってきた。

「お風呂にお湯溜《た》めますね……」

マユミが浴槽のほうに向かったので、加治はベッドに腰をおろした。クッションは入っているが、やはりベンチにバスタオルを敷いただけのもののようだ。今日は本番をしないらしいが、こんなところでセックスをしたら筋肉痛になりそうである。

「土田さんも無茶振りが好きな人ですよねぇ……」

マユミがニコニコしながら戻ってくる。顔立ちが可愛らしいので、笑っていると多少は若く見えるが、それでもやっぱりおばさんだ。

「朝起きたらＬＩＮＥが入ってて、『うちの店のボンクラをそっちに行かせるから、接客業の真髄を教えてやってくれ』ですって」

「まあ、ボンクラと言われれば返す言葉もありませんが……」

加治は苦笑してから訊ねた。

「土田さんとはどういう関係なんですか？」

「ええーっと……」

マユミは人差し指を顎にあてると、上を向いて黒い瞳をくるりとまわした。まるで十代のアイドルが質問されたときのような仕草である。おばさんのうえにブリッ子、だがその正体はソープ嬢。なんだかすごい……。

「四、五年前はよくお店に来てくれたわね。それから飲み友達みたいになって、あなたみたいな後輩を紹介してくれたり……」

「四、五年前っていうと……」

加治はごくりと生唾を呑《の》みこんだ。禁断の質問だが、しなければ後悔しそうだった。

「土田さん、もうＥＤだったんじゃ……」

「そうそう」

マユミが笑顔でうなずく。

「すっきりしたいってわけじゃなくて、自分の仕事の参考にしたかったみたい。でもね、わたしなんて特別なことはなにもしないのよ。接客業の真髄なんて言われても、ええーっ？　って困っちゃうだけ……」

隣に腰をおろした。いきなり肌が触れあいそうなくらいの至近距離だったので、女らしい匂いが漂ってきた。いい匂いだが、生々しくもある。

「今日も普通にするけど、それでいいかしら？」

手を握られたので、加治はドキッとしてマユミを見た。視線と視線がぶつかりあった。マユミの眼つきが変わっていた。おばさんとか友達の母親ではなく、発情した牝《めす》の顔をしていた。一瞬にしてスイッチが入ったようだ。

「キスしていい？」

甘ったるいウィスパーボイスでささやかれ、加治はこわばった顔でうなずいた。

顔が接近してきて、唇と唇が重なる。

「うんんっ……」

プレイを始める挨拶がわりの軽いキスだろうと思った。しかしマユミは口を開き、舌を差しだしてきた。必然的に加治も口を開くと、マユミの舌はくなくなと動きながら口の中に侵入してきた。

「ぅんんっ……ぅんんっ……」

　鼻息をはずませて、マユミが舌をからめてくる。マユミの舌は長く、よく動いた。加治も反撃しようとするが、イニシアチブをとれない。こちらが舌を動かそうとすると、チューッと音をたてて吸ってきたりする。セックスの前戯としか言い様がない淫らなキスに、すっかり翻弄されてしまう。

　しかも……。

　そのキスで加治は勃起してしまった。待合室にいたときは、そう簡単に勃起しないだろうと思っていた。さすがにしゃぶられたりしごかれたりすれば勃《た》つだろうが、キスをしただけでこんなにも股間が熱くなるなんて……。

「ありがとう」

　マユミはキスを中断すると、まぶしげに眼を細めてささやいた。

「すっかりエッチな気分になっちゃった」

　マユミに手を取られ、加治は立ちあがった。足元にしゃがみこんだマユミが、ベルトをはずしファスナーをさげる。いきなりフェラチオをされるのかと身構えたが、マユミはズボンにブリーフ、左右の靴下まで丁寧に脱がしてくれると、

「うつ伏せになってください」

　ベッドに横たわるようにうながしてきた。

「本番なしなので、今日はたくさんマッサージしますね」

「おっ、お願いします」

加治の心臓は怖いくらいに高鳴っていた。うつ伏せになると、勃起しきったイチモツがベッドにあたって苦しかった。

背中になにかがかけられた。パウダーだろう。パウダーマッサージなら、女風でも定番のプレイである。加治は面倒くさいからほとんどやらないし、いったいどこが気持ちいいのだろうとさえ思っている。

「失礼します」

マユミの両手が、パウダーのまぶされた背中を撫《な》でさすりだす。触るか触らないかぎりぎりのフェザータッチ——さすがにうまかった。さわさわっ、さわさわっ、と一分ほど背中を撫でまわされただけで、心地よさに眠ってしまいそうになった。浴槽からは、お湯を溜める音が絶え間なく聞こえてきている。それがまた、心地よい眠気に拍車をかける。

だが、眠りに落ちることはできなかった。眠っている場合ではないと自分を叱咤《しった》激励したからではなく、それが性感マッサージであるからだ。

ひとしきり背中を撫でまわしていたマユミは、続いて両脚にパウダーをかけた。踵《かかと》からアキレス腱《けん》、さらにふくらはぎ——さわさわっ、さわさわっ、と撫でまわされるほどに、眠気は霧散していき、いやらしい気持ちがむくむくと頭をもたげてきた。

両脚が性感帯である自覚など、加治にはなかった。なのにどういうわけか、どんどんいやらしい気持ちになっていく。さわさわっ、さわさわっ、と動く十本の指が太腿《ふともも》に届くと、息がとまった。さらに、アキレス腱からお尻の下あたりまで、すーっ、すーっ、と撫であげられる。

苦しかった。体とベッドに挟まっている勃起しきったペニスが、とにかく苦しくてしようがない。

「お尻、もちあげてもいいですよ」

マユミが甘ったるい声でささやいてきても、加治はにわかに反応できなかった。股間が苦しいのは事実なのだが、尻をあげて四つん這《ば》いになるのはさすがに恥ずかしすぎる。

遠慮がちに少しだけ腰を浮かせると、マユミの指が内腿をまさぐりだした。柔らかな羽根で撫でるようなやり方で、内腿から太腿の付け根を執拗《しつよう》に撫でまわしてくる。

「むっ……むむむっ……」

加治は燃えるように熱くなった顔を、タオルをかけられた枕に押しつけた。マユミはまだ、肝心な部分を触っていない。にもかかわらず、体中を快感が這いまわっている。微弱な電流のようないやらしい刺激が、さざ波となって両脚を撫でまわしてくる。

とくに太腿の付け根はたまらなかった。油断すると腰が動きだし、痛いくらいに勃起しきったペニスを、ベッドにこすりつけてしまいそうである。

そんな醜態はさらせないので、恥を忍んで四つん這いになった。とにかくペニスをベッドから離さなければ、自分を制御できなくなりそうだった。

「やーん、可愛いアヌス」

マユミがふうっと息を吹きかけてくる。さらにパウダーがかけられる。肛門《こうもん》のまわりを、さわさわっ、さわさわっ、とフェザータッチで愛撫《あいぶ》され、

「むむっ！　むぐううっ！」

加治は火を噴きそうになった顔を、必死に枕に押しつけた。アヌスのまわりは気持ちがいいというよりくすぐったかったが、禁断の器官を初対面の女の前にさらし、もてあそばれていると思うと、叫び声をあげてしまいそうだった。

3

パウダーマッサージは背面だけで終わった。

「じゃあ、次の準備しますから、ちょっと休憩してて」

マユミは浴槽のお湯をとめにいくと、そのまま洗い場でなにかの準備を始めた。

加治は体を起こし、ベッドに腰かける体勢になった。

股間のイチモツは、鈴口から熱い我慢汁を噴きこぼしビクビクと跳ねて臍《へそ》を叩《たた》いている。

パウダーマッサージの間、マユミは結局、ペニスにはただの一度も触れてこなかった。触れてもらうことをちょっとは期待して、恥を忍んで四つん這いになったのに、これでは完全に蛇の生殺しだ。

「それじゃあ、こっちにお願いします」

マユミに呼ばれ、加治はふらふらと洗い場に向かった。洗い場の中央には真ん中が縦に凹《へこ》んだ椅子が置かれていた。ソープランドに来たことがない加治でも、それが「スケベ椅子」と呼ばれるものであることくらいは知っていた。

スケベ椅子の傍らにしゃがみこんだマユミは、ちゃぽちゃぽっ、ちゃぽちゃぽっ……と音をたてて洗面器を掻《か》き混ぜている。粘っこい音の正体は、ローションだろうと想像がついた。

「どうぞ、お掛けになって」

マユミにうながされ、加治はスケベ椅子に腰をおろした。尻の下が凹んでいるから、やけに股間がスースーする。

マユミはまだ、黒いキャミソールを着ていた。濡《ぬ》れた両手をタオルで拭って立ちあがると、チラリとこちらを見た。ひどく恥ずかしそうな表情に、加治の心臓はドキンとひとつ跳ねあがった。

ソープ嬢がいったいなにを恥ずかしがっているのだろう？　と思わないこともなかったが、マユミの羞《は》じらう姿はやけに色っぽかった。こちらに背中を向けて、黒いキャミソールを脱いだ。下着も黒で、ブラジャーのストラップやバックベルトが白い素肌に食いこんでいた。

太っている、というわけではない。脂がのっている熟女らしい背中だ。女風の客にも熟女はいるが、これほど色気のある後ろ姿を見たのは初めてだった。黒いショーツからはみ出した豊満な尻肉、いかにも柔らかそうな肉づきのいい太腿――加治の視線は定まらない。

マユミはブラジャーを取り、ショーツも脱ぐと、加治の後ろにまわりこんできた。

シャワーでパウダーを流すためだが、彼女の姿が見えなくなったわけではない。加治の正面は鏡になっていた。大股開きでスケベ椅子に腰をおろし、イチモツを隆々と反り返らせている自分の姿は見たくもなかったが、背後にいるマユミには視線を奪われる。

「熱くないですか？」

背中にシャワーをかけながら訊ねてきた彼女は、乳房も股間も無防備にさらしていた。キャミソール姿からも体の厚みを感じたが、乳房は大きかった。堂々たる巨乳と言っていい。裾野にたっぷりと量感があり、それがやや垂れ気味なのが妙にそそる。全体のサイズに比例して乳暈《にゅううん》も大きめで、垂れ目のパンダのような愛らしい姿をしている。

股間はもっとすごかった。昨今は空前のパイパンブームで、女風の客もふたりにひとりはＶＩＯ《ブイアイオー》に一本も毛がない。そうでなくても小さめに整えている女が大半なのに、マユミの股間には艶やかな陰毛が黒々と茂っていた。逆三角形の面積も広いし、毛量も多い。野性的というか、獣じみているというか、とにかくやたらと淫靡《いんび》な股間で、加治は胸騒ぎがおさまらなくなった。

「失礼します」

シャワーをとめたマユミは、いよいよローションを背中にかけてきた。温かく粘っこい感触に、加治の息はとまった。女風でもローションを使うが、もっとサラッとしたタイプである。しかも、やたらと大量にかけてくる。体中を温かいハチミツでコーティングされていくようだ。

「おおおっ……」

思わず声をもらしてしまったのは、マユミが背中に体を押しつけてきたからだ。いわゆるバックハグの体勢だが、加治の背中はヌルヌルしたローションにまみれ、マユミは巨乳である。押しつけられた瞬間、巨大な肉の隆起が、ヌルッとすべったのがわかった。

マユミが体を上下に揺らしだすと、背中に硬いものをふたつ感じた。尖《とが》った乳首に違いなかった。マユミは体を揺らしながら、両手で加治の胸をまさぐってきた。乳首をいじられると、またもや声をもらしてしまいそうになった。

触り方が異様に刺激的だった。爪の使い方がうまい。ローションでヌルヌルの状態の中、硬い爪でくすぐるようにはじかれると、ビクッ、と体が反応してしまう。波状攻撃はそれだけに留《とど》まらなかった。耳に熱い吐息を吹きかけられた。正面の鏡には、吹きかけてくるマユミの顔が映っていた。ディープキスをしていたときと同じ、発情した牝の顔がいやらしすぎる。

加治は不思議でならなかった。セックスのとき、女がそういう顔をするのは理解できる。しかしここはソープランド、女が男に性的サービスを提供するところなのである。

しかも今日は挿入もなし。一方的に男を気持ちよくさせる役割なのに、どうしてそんなにいやらしい顔ができるのか？

いや……。

いまはそんなことはどうだってよかった。背中に巨乳がヌルヌルとすべり、両手で乳首をいじりまわされ、耳には熱い吐息……ここまでされて、辛抱たまらなくならない男なんているはずがない。

股間では、限界を超えて膨張した肉棒がビクビクと跳ねていた。そこにはまだローションをかけられていないのに、亀頭がテラテラと濡れ光っている。我慢汁を大量に噴きこぼしているからである。

触ってほしかった。握りしめてしごきたててほしかった。今日は本番はナシということだが、フェラチオはあるのだろうか？　ベテランソープ嬢の口腔《こうこう》奉仕なら期待を裏切られることはないだろう。いつ咥《くわ》えてくれるのか？　舐《な》めてしゃぶって気持ちよくしてくれるのか？

呼吸をするのを忘れてしまうほど焦《じ》れている加治をよそに、マユミはいきり勃ったペニスを放置しつづけた。肝心な部分にはまったく触れずに、背中で巨乳をすべらせ、男の乳首をもてあそぶ。耳には熱い吐息を吹きかけてくるだけではなく、舌まで差しこんできた。

「ううう……うううう……」

鏡に映った加治の顔は、茹《ゆ》で蛸《だこ》のように真っ赤に染まっていた。首にはくっきりと筋も浮かべている。やがて、体中が小刻みに震えだした。もうこれ以上我慢するのは無理だった。お手並み拝見とばかりに受け身に徹してやろうと思っていたが、そんなことは言っていられない。

「すっ、すいませんっ！」

鏡越しに声をかけた。

「しっ、下もっ……チンポも触ってもらえませんかねっ……」

「えっ？」

マユミが眼を細めて見つめてくる。

「もうオチンチン触ってほしいの？」

どこか咎《とが》めるような、蔑むようなその眼つきに、加治は気圧《けお》された。しかし、なにが「もう」だとも思う。すでに充分焦らされているではないか。

「おっ、お願いしますっ……これ以上、我慢できそうもないっ……」

「そう？　ならしょうがないわね」

しかし、マユミはペニスを触ってくれなかった。ちゃぽん、と音をたてて洗面器からローションをすくいあげると、ツツーッ、ツツーッ、とペニスに垂らしてきたのである。

「くうっ！　くぅううーっ！」

性器に感じる生温かいローションの感触は、たまらなく心地よかった。ペニスがテラテラした光沢をまとっていくほどに、気が遠くなりそうになった。

だが、糸のように細く垂らされてくるローションの刺激は、あまりにももどかしい。最初こそビクッと腰が跳ねてしまったけれど、そこから先は、垂らされるほどにいても立ってもいられなくなってくる。

喉がカラカラに渇いているとき、甘ったるいジュースを飲んでしまったような感じだった。水が飲みたい。苦いビールならもっといい。だが意地悪なマユミは、甘ったるいジュースだけを飲ませてくる。ビクンビクンとのたうちまわっているペニスに、ツツーッ、ツツーッ、とローションの糸を垂らしつづける。

加治の体はガタガタと震えはじめた。

頭の中は煮えたぎるような射精欲だけに占領しつくされていた。いま放出すれば、眼もくらむほどの快感が味わえるに違いないと思った。いっそ自分でしごいて出してやろうかとさえ思ってしまったほどだ。

ここが適当に入ったソープランドなら、おそらく自分でしごいていただろう。だが、この店は土田の紹介であり、マユミは土田とツーカーの仲だ。ソープランドに行ってオナニーで射精した男、と告げ口されるのだけはどうしても嫌だった。いまにも正気を失ってしまいそうだったが、そのちっぽけなプライドだけが自慰の誘惑から加治を救ってくれた。

4

意識が朦朧《もうろう》としていた。

「立って」

とマユミに手を取られても、足元がふらついてなかなかまっすぐ立てなかった。ハアハアと呼吸だけが荒々しくはずんでいた。射精を我慢させられるのは——興奮しているのに性器にさえ触れてもらえない蛇の生殺しは、こんなにも男を追いつめるのだと初めて知った。

「あううっ！」

加治は女のような声をあげてしまった。マユミが唐突に、ペニスの裏側をこちょこちょとくすぐってきたからだった。一瞬のことだったが、快感の余韻が芯までジンジンと響いてきて、まるで去っていかない。

「立派なオチンチンね……」

マユミは足元にしゃがみこんでいた。反り返ったペニスを至近距離からまじまじと眺めてから、上眼遣いで加治を見た。

その眼つきにはもう、軽蔑は浮かんでいなかった。発情しきった牝のものに戻っていた。

「土田さんも意地悪な人よね。こんなに立派なオチンチンの人を紹介しておいて、本番はしちゃダメなんて……」

そんなことはどうでもいいから、早くペニスに触ってくれ、と加治は思っていた。手コキでもいいし、フェラチオでもいい。本番がしたいなら付き合ってもいいから、この生殺し地獄からさっさと解放してほしい。

「気持ちよくしてほしい？」

加治はうなずいた。いまなら「殺してほしい？」と訊ねられても、うなずいてしまいそうだった。

ちゃぽん、と音をたてて、マユミが洗面器からローションをすくった。両手に充分馴染ませてから、はちきれんばかりに膨張している肉棒に指をからませてきた。強く握ったわけではない。手筒とペニスの間に隙間をつくり、そこにローションをたっぷりと盛っていたから、手で握られたというより、ローションで包まれたような感じだった。

手筒が動きだした。ペニスの根元からカリのくびれまで、なめらかに往復していく。微弱な刺激にもかかわらず、加治は身をよじらずにはいられなかった。手つきもいやらしいが、ローションの使い方がうますぎる。女性器に挿入していると錯覚さえしてしまいそうなほど、極上の快楽が直立不動でいる加治の体をしたたかに打ちのめした。

マユミの愛撫はそれだけに留まらなかった。右手で男根をしごきながら、左手で玉袋をまさぐってきた。それもまた微弱な刺激だった。やさしく、やさしく、睾丸《こうがん》を撫でまわされながら手筒で肉棒をしごかれていると、天にも昇るような気持ちになっていく。

「おおうっ！」

野太い声を放ってしまったのは、ぎゅっと肉棒を握られたからだ。一瞬の出来事だったし、力加減だって自分でするほうがよほど強かったが、なにしろ微弱な刺激とローションの愛撫が続いたあとなので、恥ずかしいほど身をよじりながら両脚をガクガクと震わせてしまった。

「くっ……くくっ……」

さすがに立っているのがつらくなってきた。ここはソープランドの個室であり、洗い場の壁にはイカダのような形をした金色のマットが立てかけられている。ソープランド名物、泡踊りに使うものだろう。いつになったらそれは始まるのだろうか？　横になって愛撫を受けられるのか？

「おおうっ！」

加治は再び野太い声を放って腰を反らした。もちろん、マユミが肉棒をぎゅっと握ってきたからだった。それをされると、思考回路はショートする。立っていられないということさえ、頭の中から消えていく。

ぎゅっ、ぎゅっ、ぎゅっ、とマユミは肉棒を握ってきた。連続的にではなく、ゆるい手筒を五往復させるごとに一回する感じだ。その規則性に気づくと、加治は心の中で数を数えるようになった。一、二、三、四、ぎゅっ……一、二、三、四、ぎゅっ……。

たまらなかった。

ただでさえローションまみれのゆるい手筒は、女性器によく似た心地よさを与えてくれるし、マユミはぎゅっとするたびに握る場所を変える。根元だったり、真ん中だったり、カリ首だったり——まるで三段締めの名器である。

一、二、三、四、ぎゅっ……一、二、三、四、ぎゅっ……一、二、三、四、五、

六、七……。

眼をつぶって快楽に身を委ねていた加治は、「んっ？」と瞼《まぶた》をもちあげた。見下ろすと、マユミの赤い唇が卑猥《ひわい》な０の字に開いていた。そのままぱっくりと亀頭を頬張ってきた。

「ぬおおおおおーっ！」

加治の腰は限界まで反り返った。マユミはペニスの全長を悠々と口唇に収めると、ゆっくりと吸いながら上眼遣いで加治を見上げた。双頬《そうきょう》をべっこりとへこませたいやらしすぎる顔をしていた。

しかし、双頬をべっこりへこませているわりには、吸引力は強くなかった。先ほどの手筒と同様、ここでも口内粘膜とペニスの間にローションの隙間があった。唾液の分泌が多い女ほどフェラチオは気持ちがいいものだが、それがヌルヌルしたローションとなれば、快感も倍増である。

「うんんっ……うんんっ……」

マユミは鼻息をはずませて、ペニスをしゃぶりあげてきた。手筒も気持ちよかったが、生温かい口内の感触はやはり格別だ。包みこまれている感が強いから、こちらのほうがより強く女性器を彷彿《ほうふつ》とさせる。いや、口内で長い舌がうねうねと動いているので、ある意味女性器以上かもしれない。

フェラチオをされるとき、加治にはひとつの癖があった。女の頭を両手でつかむのである。そのほうが支配欲が満たされるし、凜々子のように乱暴にされたいタイプなら腰を使ってピストン運動を送りこんでやる。単なるフェラチオより、女の顔を犯すようなイラマチオのほうが好きなのである。

しかし、いま加治の両手はぶらんとさげられたままだ。ソープでイラマチオをするのはマナー違反のような気もしたし、そもそもマユミの頭をつかみたいとは思わなかった。

彼女のやり方、彼女のリズムに身を委ねていたほうが、気持ちがいいからだ。ベテランソープ嬢の繰りだしてくる唇と舌の愛撫は、さすがのひと言だった。痒《かゆ》いところに手が届いているし、刺激が一点に集中しない。唇と舌が別々のリズムで、別々のところを刺激してくる。左手では玉袋をあやしている。おかげで一分も経《た》たないうちに、ペニスの芯が熱く疼《うず》きだし、射精欲がこみあげてきた。

出したかった。

これほど切実に射精を求めたのは生まれて初めてかもしれず、これほどの衝動をこらえることは不可能に思えた。

だが、マユミがそれを許してくれなかった。射精に達しそうになると、気配を察して唇をスライドさせるピッチを落とす。吸引する力も落とし、口内で舌を動かすのもやめる。

加治はなにも言っていないのに、マユミの見極め方はしごく正確だった。もちろん、感心している場合ではなく、また焦らしが始まったのである。

「ぐっ……ぐぐっ……」

焦らされるたびに、加治は苦悶《くもん》に身をよじった。顔は火を噴きそうなほど熱くなり、額の汗が眼に流れこんできたが、かまっていられなかった。

射精がしたかった。それは男の本能だった。だんだん射精を邪魔をする者は敵のように思えてきた。いくらなんでもここまで焦らすのはやりすぎだと、マユミに対して憤った。こちらは金を払っている客なのである。

かくなるうえは……。

マユミの頭をつかみ、口唇にピストン運動を送りこんでやろうと思った。マナー違反になろうが、彼女が土田とツーカーだろうが、もう関係ない。ここまで追いこんだ彼女が悪い。

マユミの頭を両手でつかもうとした。直前で逃げられた。こちらの考えていることなど、すべてお見通しなのかもしれなかった。マユミは立ちあがって横側から身を寄せてくると、

「そんなに出したい？」

加治の耳元で甘くささやいた。ささやくと同時に、射精がしたくて身震いしているペニスを握りしめた。

「だっ、出したいですっ……」

加治はいまにも泣きだしそうな顔で哀願した。うなずいたマユミは、菩薩《ぼさつ》のような顔をしていた。

「いいわよ、出して」

ペニスをしごきだした。すこすこ、すこすこ、と軽快かつリズミカルに刺激してきた。いままでのやり方とはまるで違う、まさに男を射精に導く手つき――ベテランソープ嬢がいよいよ本気を出したのだ。

「おおおっ……おおおおっ……」

加治は声をもらさずにいられなかったが、それはすぐに潰《つい》えた。マユミがキスをしてきたからだった。彼女の口の中はヌルヌルしたローションにまみれていた。長い舌は情熱的に動きまわり、加治の舌をからめとった。

濃厚なキスをしながらも、マユミは空いている左手を遊ばせておかなかった。加治の乳首をいじりだした。強くつままれると、ペニスが芯から硬くなった気がした。

加治は首を振ってキスをほどいた。もうキスなどしていられなかった。

「でっ、出るっ！　もう出るっ！　おおおっ……ぬおおおおおおーっ！」

雄叫《おたけ》びをあげて腰を反らせた瞬間、ドピュッと音が聞こえてきそうな勢いで男の精が噴射した。ドクンッ、ドクンッ、とたたみかけるように射精が起こるたび、煮えたぎるように熱くなった粘液が、ペニスの芯を駆け抜けていった。

「出してっ！　いっぱい出してっ！」

すこすこ、すこすこ、とマユミはペニスをしごきつづけている。たまらない快感に身をよじりながら、加治は白濁液を勢いよく放出する。

いつもの倍くらいの回数、射精した。

快楽の熱量は、おそらく倍以上だ。

マユミの手つきは、なにもかもちょうどいいのだ。握る力加減もそうなら、しごくピッチもそうだった。そして、射精の間隔があいてくるとしごくピッチをスローダウンさせていった。男の生理を知り尽くし、男の体に負担をかけずに、精液だけを最後の一滴まで搾りとる。

「おおおっ……おおおおっ……」

最後の一滴を放つとき、加治はぎゅっと眼をつぶった。瞼の裏に、歓喜の熱い涙があふれてきた。恥ずかしかったが、涙をこらえることなどできなかった。セックスを含め、射精の心地よさに涙が出たことなど生まれて初めてだった。

第三章　生まれ変わった男

1

三カ月が経過した。

猛暑が過ぎ去り、しつこく続いた晩夏も終わって、街を吹き抜けていく風がようやく秋めいてきた。

加治は生まれ変わっていた。

ロックバンド時代からの長髪を短く刈り、安物ではあるが清潔感のあるスーツにネクタイ姿で、見た目からして大変身だ。

もちろん、中身のほうも見た目以上に変わっていた。以前のようにナメきった態度で仕事をすることはなくなり、いまでは女風のセラピストという職業に対し、真摯に向きあっている。

吉原のソープ嬢・マユミとの出会いが大きかった。

彼女を加治に紹介してくれたセラピストの先輩・土田は、「セックスを超える性感マッサージが存在する」と言っていた。セックスを超えているかどうかはわからないが、セックスとは別の快楽が存在することを、マユミは実体験で教えてくれた。愛だの恋だのの感情、あるいは男と女という関係性とは別の次元に、彼女の与えてくれた快楽はあった。すべてのしがらみから自由になり、それだけがくっきりと独立しているような快楽だった。

加治はいままでそういう快楽を知らなかった。

そしてここからが重要なのだが、そういう快楽は癒やされるのだ。

マユミの教えてくれた快楽をひと言で言えば、「金で買える快楽」ということになる。世間的には軽蔑され、売るほうも買うほうも後ろめたい気分になりがちだけれど、金で買えるがゆえの自由さは、あんがい心地いいものなのだ。

マユミと知りあって、しみじみわかったことがある。どこへ行っても、なにをやってもうまくいかない人生に、加治は傷ついていたのだ。そういう人生を歩んでいる自堕落な自分にうんざりしていた。

もちろん、マユミにマッサージをされたことで、それらが改善されたわけではない。そうではなく、射精に至った瞬間、頭の中が真っ白になった。自分が誰であるかもわからなくなるほどの快感に翻弄されることで、すべてのネガティブな感情から解放されたのだ。

「ねえ、マユミさん……」

立ったまま射精に導かれたあと、加治は這《は》うようにしてベッドに向かった。マユミもついてきてくれた。ベッドに横たわった加治の側《そば》に座り、ずっと手を握ってくれていた。

「この仕事、楽しいですか？」

「楽しいわよ」

マユミは満面の笑みを浮かべて答えた。

「人に喜んでもらうのが楽しくない人なんている？　感謝されたりね」

「感謝してるの、わかりますか？」

たしかに、加治はマユミに感謝していた。放心状態から抜けだしたら、言葉を尽くして礼を言おうと思っていたが、まだなにも言っていない。

「顔見ればわかるもん」

マユミは笑っている。

「たぶん、プライヴェートなエッチのあとでも、あなたはそんな顔しないはず。どっちがいい悪いじゃなくてね。いまは解き放たれてる感じがする」

「はあ……」

加治はヘラヘラと笑うことしかできなかった。たしかに解き放たれている感覚があった。快感の余韻が過ぎれば消えてなくなるものだとわかっていても、その感覚が愛《いと》おしい。

それに……。

マユミもマユミで、素敵な顔をしていた。階段の踊り場で待っていたときとは別人のように、充実した笑顔を浮かべていた。男を気持ちよくさせるのが、心底好きなのかもしれない。彼女自身はまったく愛撫《あいぶ》を受けていないし、挿入だってされていないのに、何度となく恍惚《こうこつ》を味わったような顔をしている。

羨ましい、と思った。

似たような仕事をしているのに、自分はこんなふうに施術のあとに笑ったことなどないと思った。

それからすぐに、加治の吉原通いが始まった。マユミに教えを乞うためだ。バンドを解散しても手放すことができなかったヴィンテージのギターを売り払って資金をつくり、快楽で相手を癒やすノウハウについて学んだ。

マユミは教師面をするのを嫌がるタイプだったから、加治は彼女といるとき、一瞬たりとも気を抜かずにすべてを吸収しようとした。できたかどうかはわからないが、セラピストとしての仕事ぶりはいままでとガラリと変わった。

土田にも礼を言いにいった。

待ち合わせ場所に現れた加治が短髪のスーツ姿に豹変《ひょうへん》しているのを見て、土田はまぶしげに眼を細めた。皆まで言うなという顔で笑い、高そうな鮨《すし》屋に連れていってくれた。

「うっとりするよなあ」

職人が鮨を握る手つきに、土田は何度も感心していた。

「考えてみたら手っていうのもすごいもんだよ。料理をするのも、飯を食うのも、皿を洗うのも全部手だ。字も書ける、クルマのハンドルも握れる、楽器も弾ける、パソコンのキーボードも叩《たた》ける、なんなら、腹立つやつを鉄拳制裁することだってできる……」

「言われてみればそうですねえ」

加治は右手をひろげてまじまじと眺めた。

「おまえさん、綺麗《きれい》な手をしてるなあ。指なんて俺より三センチは長いんじゃないか」

ずんぐりした体型の土田は、指も太くて短い。反対に、加治の指は細くて長かった。

「長けりゃいいってもんじゃないが、そいつはきっとおまえさんの武器になるよ。意識しとくといい」

「はあ……」

加治は曖昧にうなずいた。そのときは、自分の指が女風のセラピストとしての武器になるなどと思っていなかった。

しかし加治の指は、細くて長いだけではなかった。曲がりなりにも元バンドマン、かつては一日に五、六時間もギターを弾いていたことがある。指を素早く正確に動かそうと、必死になっていた時期がある。

2

その日は初めての客だった。

女風を利用すること自体が初めてらしい。

そういう客は緊張する。土田のようなベテランならともかく、加治は生まれ変わったとはいえ、まだまだ未熟なセラピストなのだ。

待ち合わせ場所は新宿伊勢丹《いせたん》前——かつての加治は、客とホテルで会ってホテルで別れることにしていたが、女風のセラピストが外で待ち合わせることは決して珍しいことではない。とくに利用経験が少ない客からは、そういうリクエストが多い。いきなりホテルというのはハードルが高いらしい。路上、あるいはカフェのようなところでワンクッション置いてからホテルに向かうほうが気持ちが楽なのだろう。

その日の客は、中沢奈々美《なかざわななみ》。三十五歳。既婚者だが子供はいない。

加治は約束の十分前に待ち合わせ場所に到着した。

奈々美はすでに待っていた。

女風の場合、セラピストの顔写真は店のホームページに掲載されているが、初めての客の顔をセラピストは知らない。だが、奈々美の場合はひと目でわかった。所在なげにそわそわしていたからだ。

ストレートの長い黒髪に色白な瓜実顔《うりざね》。眼鼻立ちは地味なほうだが、そのぶん真面目そうに見える。すらりとしたスタイルのせいか、ゆったりとしたモスグリーンのワンピースがよく似合っている。

「あっ……」

加治を発見し、奈々美は眼を丸くした。すぐに下を向いたのは、緊張しているからか、生来の内気さゆえか――なんとなく後者のような気がした。

「どうも、お待たせしました」

加治が微笑を浮かべて挨拶しても、奈々美の視線は定まらなかった。加治が引いているキャリーバッグが気になるらしい。スーツにネクタイだし、女風のセラピストというより出張帰りのサラリーマンみたいに見えるのだろう。

「べつにたいしたものは入ってませんから、お気になさらず。行きましょうか」

いまにも尻込みしそうな奈々美をうながして歩きだした。

「ホテルのご希望とかございますか？」

歌舞伎町に向かいながら訊《たず》ねた。奈々美は伏し目がちに首を横に振る。想定内のリアクションである。

「じゃあ、それほど高くなく、清潔感のあるところにしましょう」

奈々美はうなずくばかりで言葉を返してこない。こういう客がいちばん扱いに困る。施術に関する希望は店経由で受けとっているものの、それも当たり障りのないものだったので、どうすればいいか悩んでしまう。

ところが、ラブホテルの部屋でふたりきりになるなり、彼女の態度は一変した。にわかに饒舌《じょうぜつ》になり、早口でまくしたててきた。

「すっ、すいませんっ！　施術についてなんですけど、マッサージ長めでエッチなこととかはちょっとでいいです。なんていうか、好奇心に負けてつい予約しちゃいましたけど、本当はエッチなこととかはそれほど……あんまり興味がないっていうか……なんていうかそのう……そのう……」

本番行為なんてとんでもない！　と言いたいようだった。

加治には思うところがあったけれど、ぐっと呑《の》みこみ、

「了解しました」

笑顔でうなずいた。

「それでは、これに着替えてきてください」

キャリーバッグを開け、使い捨ての下着を渡す。紙製のもののほうが値段が安いのだが、加治は薄いコットン製のものを使っている。着け心地がはるかにいいからである。

奈々美がそそくさと脱衣所に消えていくと、加治はまず、オイルウォーマーの電源を繋《つな》いだ。これがあれば、マッサージオイルを常に六十度に保っていられる。

それから素早くスーツを脱ぎ、ケーシー白衣に着替えた。医療ウエアだが、スポーツブランドから出ているものなのでデザインがスマートだ。

施術の際にどういう格好をするのかはケース・バイ・ケースであるが、相手に女風経験が少ない場合は、いかにもマッサージ師というか、スポーツトレーナーのような格好をしていたほうが、リラックスさせることができる。

着替えると、今度はキャリーバッグからバスタオルを出してベッドに敷いた。ラ

ブホテルに備えつけられているタオル、あるいは糊《のり》の利きすぎたシーツよりずっと柔らかく、触り心地がいい。海外ブランドの高価な代物なので、たいていの客が気に入ってくれる。

最後に照明を調整した。視界を保てる限界まで暗くして、枕元にLEDキャンドルライトを置く。本物の蠟燭《ろうそく》のように炎が揺れるやつだ。たったそれだけで、部屋のムードはぐっとよくなる。これで準備は万端である。

出張に行くサラリーマンのようなキャリーバッグを引きずっていても、その中に電マは入っていなかった。以前は頼りにしていたが、セラピストのサービスはやはり、自分の体を使ってこそだと考えをあらためた。手や指、舌や唇を使ったほうが、相手にぬくもりが伝わりやすい。そういうものを求めて、女はおそらく女風に予約を入れている。

奈々美が戻ってきた。胸にバスタオルを巻いている。うつむいていても、顔が真っ赤に染まっているのを隠しきれない。誰だって初対面の男の前で下着姿になるのは恥ずかしいものだ。見て見ぬふりをする。

「タオルを取って、うつ伏せになってください」

加治がベッドにうながすと、奈々美はのろのろとバスタオルを取ってうつ伏せになった。

加治が渡した使い捨て下着は、薄いコットン製で色は淡いベージュだ。それに包まれた尻の双丘が、やけに丸くて女らしい。

「こっ、このタオル、ものすごく触り心地がいいですね」

奈々美が眼を丸くしたので、

「それはよかった」

加治は笑みを浮かべ、

「失礼します」

と温めたマッサージオイルを手に取った。いったん手のひらにとったオイルを、ツツーッと背中に垂らしていく。奈々美がビクッとしたので、

「オイルの温度、大丈夫ですか？」

そっと声をかけてやる。

「……はい」

蚊の鳴くような声が返ってくる。ビクッとしたのは、オイルの感触に反応したからだけではない──加治はそう見ていた。ラブホテルの部屋でふたりきりになった瞬間、奈々美は急に饒舌になった。性感マッサージはほんの少しでいいと大げさなくらい強弁してきた。

逆だからだ。いまうつ伏せになっているこの体は、欲求不満をもてあましている

ように思えてならない。いやらしい気持ちがパンパンにつまり、限界まで空気を入れた風船のようにいまにも破裂しそうに見える。

既婚者でもセックスレスなのだろう。女風には、そういう客が珍しくない。いや、人妻の客はたいていセックスレスで、彼女たちが女風の客層の中心と言っても過言ではないくらいだ。夫と充実した性生活を送っているにもかかわらず女風にやってくるような強者《つわもの》のほうが、圧倒的に珍しい。

ただ、あんなふうに強弁したということは、セックスレスで欲求不満であることを恥ずかしいと思っているに違いない。その羞恥心さえ取り除いてあげれば、女風のサービスを思いきり楽しんでもらえるはずだ。

オイルをどんどん垂らしていく。

ソープランドで使っているものより粘度が低いが、ツツーッ、ツツーッ、と糸を引かせ、女体に卑猥《ひわい》な光沢を与えていく。

太腿《ふともも》に垂らしはじめると、奈々美は身をよじりはじめた。必死にこらえているようだが、動きだしたくてしかたがないようだ。

ヒップにオイルを垂らしていくと、淡いベージュの使い捨て下着がみるみる濃いベージュへと変貌を遂げた。加治はいったんオイルのボトルを置いて、背中からマッサージを開始した。

とはいえ、筋肉を揉《も》みほぐすマッサージではなく、これはあくまで性感マッサージである。

オイルのすべりを利用して、素肌を愛《め》でるように撫《な》でまわす。手のひらとオイルが繰りだすヌルヌルしたいやらしい感触に、奈々美の体が蕩《とろ》けていく手応えがあった。どうやら相性は悪くなさそうだ。緊張によるこわばりがなくなり、リラックスしはじめている。

濡《ぬ》れたコットンショーツの中に両手を入れ、尻の双丘を揉みしだいてやると、

「んんんーっ！」

くぐもった声をもらした。必死に声をこらえているようだが、身をよじることまではでは我慢できない。

加治は太腿の付け根を両手でつかみ、揉みしだいた。必然的に両脚が開いていく。敏感な内腿をヌルヌルした手のひらで撫でまわし、爪を使ったフェザータッチでくすぐってやる。

「んんんーっ！　くぅううーっ！」

奈々美は両脚をジタバタさせ、タオルをぎゅっと握りしめた。早くもスイッチが入ったらしい。女風経験が浅い女は、スイッチが入るまで時間がかかる。加治は根気強くオイルマッサージを続けて、そのときを待つ。

だが、奈々美の場合は、その必要はないかもしれなかった。性的な快楽にとって時間をかけた前戯と焦《じ》らしはもっとも重要なファクターのひとつだが、タイミングを逃すと女をしらけさせてしまう。

加治は尻の双丘を包んでいる濡れたコットンショーツを真ん中に寄せ、ぎゅっと桃割れに食いこませた。

「あううーっ！」

ついに奈々美から卑猥な声があがった。

「四つん這いになってもらえますか」

加治がうながすと、奈々美は滑稽なほどあわてて両膝を立てた。おずおずものろのろもしていなかった。快楽に翻弄されたくてしかたがないという反応に、好感がもてる。

加治は、クイッ、クイッ、とリズムをつけてショーツを桃割れに食いこませながら、温かいオイルをそこに垂らしていった。剝《む》きだしになった尻の双丘が、ぶるっ、ぶるるっ、と震えている。

「あああっ……はぁあああっ……はぁあああああーっ！」

奈々美にはもう、声をこらえる気などなさそうだった。

もちろんそれでよかった。

これは女風の性感マッサージ、恥も外聞を捨て去って、気持ちよくなったほうが勝ちなのである。

たとえ一瞬でも、すべてのネガティブな感情から解放され、心身を癒やしてもらうために……。

3

「それじゃあ、あお向けになってください」

加治が手をとめて声をかけても、奈々美はしばらくの間、動かなかった。動けなかった、と言ったほうが正確かもしれない。四つん這いの体勢のまま、体中を小刻みに震わせていた。

イッたわけでもないのに、余韻を嚙《か》みしめているようだった。彼女の欲求不満は、かくも深刻ということか。

「女の性欲のピークが三十五歳って説、知ってるかい？」

かつて、土田に言われたことがある。連れていってもらった高級鮨屋でのことだ。すでに料理をあらかた食べおえ、飲酒タイムに移っていたので、目の前に職人はいなかった。

「性欲のピークですか？」

加治が首をかしげると、土田は持論を開陳しはじめた。

「男の性欲のピークは十五、六歳くらいなんだよ。ピークを過ぎても高止まりしたまま、二十代前半くらいまではやりたくてやりたくてしかたがない。でもな、女の場合は十代後半とか二十代前半なんてそれほど性欲もないから、男に求められるましかたなくセックスに付き合っている。で、うっかり結婚なんかしたら最悪だ。男がセックスなんてもういいかなって思いはじめる三十五歳あたりになると、女の性欲はむくむくと頭をもたげてくる。この時間的なすれ違いが夫婦のセックスレスの正体さ。もちろん、すべての人妻が欲求不満で悶々《もんもん》としているわけじゃない。仕事に打ちこんでいる人もいれば、子育てに生き甲斐《がい》を感じている人もいる。趣味に熱中している人だっているだろう。でもその一方で、セックスがやりたくてやりたくてしようがない人妻もいる。やりたくても、パートナーにはもうその気はない。悲惨だよな。想像してみろよ。やりたい盛りにできなくて、そんな状態が何十年も続く世界を……」

想像すると、さすがの加治も寒気を覚えた。人妻がセックスレスに陥る理由なんて、いままで考えたことがなかった。男が相手に飽きたとか、女に色気がなくなったとか、そういうことだと思っていたが……。

「男の場合は、カミさんにその気がないなら、風俗でパッと欲望を処理することができるよな？　それに救われた男だって多いはずだ。女だって同じだよ。だから、女風の需要はこれからどんどん高まっていく。そのときに、いかがわしい世界だと思われないほうが絶対に得なんだ。本番をするなとは言わない。それを求めてくるお客さんも多い。だが、もっと根本的なところで、満足してもらえるサービスを提供できるように頑張っていこうぜ……」

耳底にこびりついている土田の言葉を聞きながら、加治はあお向けになった奈々美を見下ろした。

すでにハアハアと息をはずませている。眼の下をねっとりと紅潮させた顔から、三十五歳の生々しい欲情が伝わってくる。

だが、ここで焦るのは愚の骨頂だ。

加治はオイルを垂らした。剝きだしになっている腹部や二の腕や両脚はもちろん、薄いコットン下着に包まれている乳房や股間にもかけていく。

「うっく……」

奈々美が眼を泳がせた。オイルの染みこんだ薄いコットンが、左右の乳首を浮かびあがらせてきたからだ。もちろん、オイルのせいだけではなかった。乳首が勃《た》ってきたから浮きあがってきたのである。

「失礼します」

加治はたっぷりとオイルを馴染《なじ》ませた両手で、まずは二の腕から撫でさすりはじめた。ヌルッ、ヌルッ、と両手をすべらせては、奈々美の表情をうかがう。眼を閉じているが、眉根を寄せている。要するに、女が愛撫を受けているときの顔になっている。

二の腕に続いて、腹部を撫でさすった。加治の両手が両脚をマッサージしはじめると、奈々美の顔は浅ましいほど物欲しげになっていった。加治が手を離した隙をついて、両脚をもじもじとこすりあわせたりもする。

そろそろ頃合いだった。

加治はオイルのボトルを手にすると、再び乳房の頂点に垂らしていった。そうしつつ、濡れたコットンの中で苦しげに尖《とが》っている乳首に、指を伸ばしていく。

「あううっ！」

ちょん、と触れただけで奈々美は甲高い声を放った。声が大きすぎると思ったのだろう、恥ずかしげな眼つきでこちらを見たが、加治は黙ってうなずいた。恥ずかしがる必要などなにもない、と……。

吉原のマユミのところに通ってわかったことがある。性感マッサージに必要なのは、テクニックではないということだ。マユミには熟練の凄技《すごわざ》があるので最初はわかりにくかったが、決してテクニックには頼っていない。

そんなことより、客の心に寄り添うことのほうがはるかに重要だ。相手から眼を離さず、求めているることを正確に見抜いてそれを与える。痒《かゆ》いところに手を届かせてやる。マユミは焦らしの名手だが、それだって相手の欲望をきっちりと把握していなければできない。

「あううっ！　はぁうううっ！」

加治は左右の乳首を指先で転がしはじめた。力加減はソフトだし、まだ薄いコットン越しにもかかわらず、奈々美は乱れていく。もどかしさと気持ちよさの板挟みになって、悶《もだ》えに悶える。

加治は使い捨てブラジャーをずりあげ、ふたつの胸のふくらみを露《あら》わにした。手のひらにすっぽり収まりそうなサイズだが、女らしさはある。ツツーッと直《じか》にオイルを垂らし、硬く尖ったあずき色の乳首をいじりまわす。強くは刺激せず、けれども素早い指の動きで欲求不満の三十五歳を追いつめていく。

「きっ、気持ちいいっ……」

奈々美は薄眼を開け、震える声でささやいた。

「こっ、こんなに気持ちがいいの初めてっ……ちっ、乳首だけでイッちゃいそうよっ……」

加治は黙ってうなずき、あずき色の乳首を執拗《しつよう》に愛撫した。オイルですべるから、指でつまんでもつるんと抜けていく。その刺激が気持ちいいらしく、つるんのたびに奈々美はオイルまみれの四肢をビクビクさせる。

乳首だけでイク——そういう女も例外的に存在するのかもしれないが、普通は乳首への刺激だけではオルガスムスに至れない。つまり、奈々美は乳首だけでイッてしまいそうなのではなく、もうイキたいから下の性感帯にも触れてくれと言いたいのだ。

イカせてやるか焦らし抜くか——判断が難しいところだが、奈々美が女風初体験であることを考えると、まずは一回イカせてやったほうがいいのかもしれなかった。どんなふうに絶頂に達するのか知っておきたいし、焦らしプレイはあとからでもできる。

加治は右手にオイルのボトルをつかむと、左手でショーツのフロント部分を引っぱった。素肌とコットン生地の隙間に、オイルを大量に流しこんでいった。

「あああっ……あああっ……」

疼《うず》きに疼いている部分に生温かいオイルを感じ、奈々美が身悶える。極端な内股になって、太腿をこすりあわせる。

「失礼します」

加治はオイルのボトルを置き、右手をショーツの中に侵入させた。ぐちゅぐちゅになっているオイルの海で指を泳がせると、陰毛の感触がした。パイパンではないようだが、おそらく狭く短く整えられている。

オイルまみれのくさむらとしばし戯れてから、花びらを探った。くにゃくにゃした二枚の花びらをいじっては、浅瀬にヌプヌプと指先を入れる。奈々美はひいひいと喉を絞ってよがり泣くばかりになる。「エッチなこととかはちょっとでいいです」と言っていたのと同じ口で、淫らなまでにあえぎまくる。

「はっ、はぁうううううーっ！」

加治の中指が敏感な肉芽をとらえると、奈々美の背中は弓なりに反り返った。彼女のクリトリスはすっかり突起していた。それを横側から、ねちねち、ねちねち、とくすぐるように刺激してやる。

「そっ、そこいいっ！　気持ちいいいいいーっ！」

最初の羞《は》じらいもどこへやら、奈々美はみずから大胆に脚を開き、中指の動きに合わせて腰まで動かしている。ねちねち、ねちねち、と突起した肉芽をくすぐるほどに、長い髪を振り乱してよがりによがる。

手マンのコツは、指の動きを一定にキープすることだ。いたずらに緩急をつけたり、触る場所を変えないほうがいい。男にとっていささか根気のいる作業だから、夫や恋人は面倒くさがるかもしれない。

だが、加治は女風のセラピスト。お金をもらってサービスを提供している以上、手抜きの愛撫は許されない。額から噴きだした汗が眼に流れこんできても、拭いもせずにすべての神経を右手の中指に集中させる。

「ああっ、いやっ……いやいやいやあああーっ!」

奈々美が真っ赤に染まった顔をくしゃくしゃに歪《ゆが》めた。

「イッ、イッちゃうっ……もうイッちゃうっ……イクイクイクイクッ……はっ、はぁあああああああーっ!」

ビクンッ、ビクンッ、と腰を跳ねさせて、奈々美は絶頂に達した。すさまじいエビ反り具合だった。浮かせた腰を、ガクガクッ、ガクガクッ、と震わせて、喜悦をむさぼり抜いていく。

「……あふっ」

浮かせた腰が落下すると、奈々美は眼をつぶってハアハアと息をはずませた。しばらくは、呼吸を整えること以外、なにもできないだろう。

加治は身を横たえ、彼女に添い寝する体勢になった。自分から抱き寄せることはないが、たいてい女のほうがしがみついてくる。奈々美もそうだった。ハアハアと息をはずませながら、真っ赤に染まった顔をケーシー白衣の胸にこすりつけてくる。

「続きはどうしますか？」

乱れた髪を直してやりながら訊ねた。

「指でするのを続けるなら、今度は中も同時に責めましょう。あるいはクンニ、ソファを使ってするのがおすすめですが、リクエストがあればなんでも対応させていただきます……」

「……あとは？」

至近距離から、奈々美が見つめてくる。まだ完全に呼吸が整っていないから、甘い吐息の匂いが鼻先で揺れる。

「他にもオプション、あるでしょう？」

奈々美がなにが言いたいのか、加治にはわかっていた。こちらにしがみついている彼女の太腿には、加治の股間があたっている。ズボンの中で男の器官が硬く屹立《きつりつ》していることを、彼女は知っていて訊ねている。

「お望みなら、入れてもいいですよ」

「追加料金とかは……」

奈々美が不安げに眉をひそめたので、加治は微笑を浮かべて首を横に振った。

「入れるとなると、ここから先は自由恋愛ということになります。だから、お金をいただくわけにはいきません。その代わり、一緒に楽しみましょう。それでいいなら、僕も奈々美さんに……ぅんんっ！」

奈々美が唐突にキスしてきたので、加治は眼を白黒させた。

4

「ぅんんっ……ぅんんっ……」

奈々美は熱い吐息を加治にぶつけながら、舌と舌をねちっこくからめてきた。親愛の情を示すキスではなく、完全にセックスの前戯である。舌だけではなく口内まで舐《な》めまわしてきたかと思えば、音をたてて舌を吸ってくる。奈々美の口の中はいやらしいほど大量の唾液を分泌しており、舌と舌が離れるとねっちょりと糸を引く。

加治は半分、冷静だった。

自由恋愛という言い訳はあるにしろ、これが女風のサービスの延長線上にあることは間違いなく、セラピストとして奈々美を扱わなければならない。邪道セラピスト時代のように、自分の欲望を吐きだすことだけを考えていてはダメなのである。

しかし、だからといって興奮していないわけではなかった。待ち合わせ場所に現れた奈々美は、内気そうで真面目そうな人妻だった。欲求不満であることは恥ずかしいことだと思い、それを隠すために本当の希望や期待とは真逆のことを強弁してきた。

それがいまや、みずから情熱的なディィープキスを求め、加治の舌をしゃぶりまわしている。発情しきっていることを隠しもせず、一心不乱に肉の悦《よろこ》びを求めている。可愛《かわい》かった。

セラピストという職業と真摯に向きあうようになってから、発情している女を可愛らしいと思うようになった。年齢や姿形は関係ない。どんな女でも、みずからの欲望を肯定するとき、女は可愛らしくなる。健気《けなげ》でいじらしくて率直で、愛《め》でずにいられない存在になる。

それも、自分が手間や時間をかけてそういう境地に導いたとなれば、満足感もひとしおだった。もちろん、お金をもらって施術を行なっているのだが、加治はいつしか、お金以上のものを女に返さなければならないと思うようになった。

「うんんっ……ぅんんっ……」

お互い口のまわりを唾液まみれにしながら、舌と舌をからめあった。淫らなキスを続けながら、加治はケーシー白衣を脱いでいった。こういう状況を想定してインナーは着けていなかったので、上着とズボンを脱げばすぐに全裸だった。奈々美の体からも下着を取って全裸にした。彼女の体はまだ、マッサージオイルの光沢に包まれていた。抱きしめあうと、素肌と素肌がヌルヌルとすべっていやらしい気持ちに拍車がかかっていく。

「ああっ、ちょうだいっ……早くちょうだいっ……」

　奈々美は身悶えしながら勃起しきった男根を握りしめてきた。

「ああっ、太いっ……とっても硬いっ……愛撫はもういいから、これを入れてっ……中に入れてっ……」

「そんなにあわてないで」

　加治はまぶしげに眼を細めて奈々美を見つめた。一刻も早く貫かれたいという気持ちはわかるが、ものには順序というものがある。

「あああっ……」

　股間に右手を伸ばしていくと、奈々美は眉根を寄せて眼を閉じた。加治は中指を使って女の割れ目をなぞりたてた。先ほどたっぷりとオイルもかけたが、内側から熱い蜜があふれている。

　その源泉を探るように、ゆっくりと中指を肉穴に入れていった。奈々美の中は熱く煮えたぎっていた。ねちっこく搔《か》き混ぜながら、上壁のざらついた凹《へこ》みを探る。Gスポットである。

「くぅううーっ！　くぅうううーっ！」

　凹みを押しあげてやると、奈々美はしたたかに身をよじった。大胆に開いた太腿をぶるぶると震わせ、しきりに腰を反らせている。

感じていることは間違いないが、クリトリスを刺激したときのほうが反応はよかった。彼女は中派ではなく、外派なのだ。それを確認すると、加治は肉穴から中指を抜いた。上体を起こし、勃起しきった男根にコンドームを装着してから、正常位で挿入する体勢を整えていく。

「あああっ……あああああっ……」

男根の切っ先を濡れた花園にあてがっただけで、奈々美は感極まりそうな顔になった。加治が上体を覆い被《かぶ》せていくと、眼尻を垂らし、すがるように見つめてきた。

「いきますよ……」

加治は息をとめ、ゆっくりと腰を前に送りだした。ずぶっ、と亀頭が割れ目に沈みこんだ。そのままずぶずぶと貫いていけば、奈々美の顔がどんどん不安げに歪んでいく。乱れてしまうことを恐れているのかもしれないが、恐れる必要などなにもない。

「あううううーっ！」

ずんっ、と最奥を突きあげると、奈々美は喉を突きだしてのけぞった。その体を、加治はしっかりと抱きしめた。奈々美もしがみついてくる。挿入後、すぐに動きだすのは女体に負担をかける不作法だ。熱い抱擁を交わしながら、加治は奈々美にキスをした。

ひとしきり舌をしゃぶりあっていたが、先に我慢ができなくなったのは奈々美のほうだった。

「あああっ……あああああっ……」

キスをほどいて、腰を動かしてきた。騎乗位ならともかく、正常位で下から腰を使ってくる女なんて、普通の男なら引くかもしれない。

しかし、女風では違う。セラピストは、むしろ嬉《うれ》しい。奈々美はいま、すべてのしがらみから解き放たれて発情しきっている。もっと解放してあげたい。頭の中を真っ白にして、どこまでも淫らに乱れてほしい。

「むうぅっ……」

加治も腰を動かしはじめた。まずはグラインドさせて、肉穴の中にぴっしり詰まった肉ひだをねちっこく掻き混ぜてやる。それからピストン運動だ。スローペースで抜き差ししながら、次第にピッチをあげていく。

「あああっ……はぁあああっ……はぁああああーっ！」

奈々美はもう完全に火がついてしまったようだった。みずからぐいぐいと腰を使って、性器と性器とをこすりあわせてくる。女が燃えれば男も燃える。三十五歳の人妻のいやらしすぎる腰使いに興奮しつつ、フルピッチの連打へとアクセルを踏みこんでいく。

「はっ、はぁうううううううーっ！」

のけぞった女体を、ずんずんっ、ずんずんっ、と突きあげた。女体が浮きあがるほどの怒濤《どとう》の連打を送りこみ、奈々美から甲高い悲鳴を絞りとる。

「とっ、届くっ……奥まで届いてるっ……いちばん奥までっ……はぁああああああーっ！」

だが、メインディッシュはまだ先だった。

加治はピストン運動のピッチをいったん落とすと、上体を起こした。奈々美の両膝をつかみ、両脚をぐいっとM字に割りひろげる。勃起しきった男根が、奈々美の股間に突き刺さっている光景をまじまじと眺める。

「ううう……」

結合部をのぞかれる羞恥に、奈々美はいやいやと身をよじった。加治は彼女を辱めるために、そんなことをしたわけではなかった。奈々美の草むらは狭く短く整えられていたから、クリトリスの位置はすぐに確認できた。右手の親指に唾液をつけ、それではじくように刺激してやる。

「はっ、はぁうううううーっ！」

奈々美は眼を見開いて絶叫した。

「ダメダメダメダメッ……そんなのダメッ……そんなことしたらすぐイッちゃうっ……すぐイッちゃうからあああーっ！」

クリトリスでイク派の彼女なら、なるほどそうかもしれない。しかし、外派の女を外だけでイカせるだけでは、セラピストとして情けない。女風のサービスはテクニックではない。客の心に寄り添ってやることがもっとも重要だが、テクニックも二番目に重要なのである。

右手の親指でクリトリスをはじきながら、加治は腰を使いはじめた。ピストン運動を再開し、みるみるピッチをあげていく。

しかし、今度は闇雲に最奥を突きあげるのではなく、その少し手前にあるGスポットにカリのくびれを引っかけることを意識した。あたっているようだが、それで奈々美が感じてくれるかどうかはわからない。三十五歳の人妻とはいえ、彼女の性感がどこまで熟れているのかは未知数だし、セックスには体の相性というものもある。

だが、クリトリスへの刺激と相俟《あいま》って、うまくいけば中イキに導くことができるかもしれなかった。おそらく彼女にとって初めての……。

「なっ、なんなのっ……なんなのおおおーっ！」

奈々美はすっかり取り乱していた。

「おっ、おかしくなるっ！　こんなのおかしくなっちゃうっ！　いっ、いやあああああーっ！」

　恥丘を挟みこむような、外側からと内側からの同時攻撃——どちらも女にとって急所中の急所と言っていい性感帯だから、なるほど頭がおかしくなりそうなほど気持ちがいいだろう。

「イッ、イクッ！　イクイクイクイクイクーッ！」

　ビクンッ、ビクンッ、と腰を跳ねあげて、奈々美は絶頂に達した。加治はクリトリスをはじいていた右手を股間から離し、両手でがっちりと奈々美の腰をつかんだ。今度は、彼女の腰を浮かせた状態でGスポットに怒濤の連打を叩きこんでいく。いや、カリのくびれを引っかける。うまく引っかかっている手応えがある。ぐいぐいと腰を振りたてる。

「はっ、はぁあああーっ！　はぁああああーっ！」

　奈々美は長い黒髪を振り乱した。

「イッ、イッちゃうっ！　またイッちゃうっ！　続けてっ……続けてイッちゃううううううーっ！」

　ビクンッ、ビクンッ、と再び腰が跳ねあがる。そうしつつ、ぶるぶると痙攣《けいれん》する両脚を閉じては開き、開いては閉じ、左右の太腿で加治の腰を挟んでは、恍惚を噛みしめる。上半身はのたうちまわっている。マッサージオイルのテカリもいやらしい双乳を揺れはずませて、肉の悦びに溺れていく。

「でっ、出るっ！　こっちも出しますよっ！」

加治は叫ぶように言った。もはやGスポットを責める必要もないので、欲望のままにピストン運動を送りこみ、コンドームの中に射精した。

「……あふっ」

加治が腰から両手を離すと、奈々美はぐったりとベッドに体をあずけた。体中がまだピクピクと痙攣していた。しかし、こちらを見て薄眼を開けた顔は笑っている。笑ってしまうほど気持ちがよかった、ということらしい。

「こっ、こんなの初めて……わたし、中でイッたことなんてないのに……」

加治は添い寝の体勢で奈々美に身を寄せていき、熱く火照っている彼女の体を抱きしめた。乱れた髪を直してやりながら口づけを交わし、舌と舌とをからめあった。

第四章　哀愁の女社長

1

女風の客は、とかく長時間のサービスを求めたがる。

男向け風俗の場合、ソープランドでも九十分や百二十分、ピンサロやヘルスなどは三十分から遊べるのに対し、四時間の指名が普通に入る。六時間や八時間の場合もある。

その間ずっとセックスがしたいというわけではなく、ゆったりのんびりしたいのだろう。ホストクラブと違い、長時間独占するのに法外な料金がかかるわけではないから、その点は安心しているのかもしれない。

山岸貴和子《やまぎしきわこ》も、長時間の予約をしてくる客のひとりだった。

スタートはたいてい深夜で、それが午後十一時でも、深夜一時でも、朝六時までと指名してくる。いまではすっかり常連客であり、月に二、三回は指名してくれるのだが、彼女との出会いは最悪だった。

貴和子はそのとき、二十九歳、アパレル系のネット通販会社を経営しているやり手らしいけれど、とにかく高慢な女だった。

加治も当時、まだ心を入れ替えて女風の仕事と向きあいはじめたばかりだったから、よけいにうまくいかなかった。

彼女が高慢だったのは、若くして起業に成功したからだけではなかった。呼ばれたのは西新宿にある外資系の高層ホテルの部屋で、それなりに格式があるところだった。そのうえ、予約時間が深夜から朝までと長かったことから、加治は緊張して部屋を訪ねた。

顔を合わせた瞬間、度肝を抜かれてしまった。

すさまじい美人だったからだ。とにかく眼鼻立ちが整っていたし、長い黒髪はつやつやに輝いてキューティクルがすごい。ノーブルな濃紺のタイトスーツをピシリと決めた装いには迫力さえあり、アクセサリーやハイヒールのセンスまで見たこともないくらいエレガント——一瞬どこかの放送局の女子アナウンサーかと思ったくらいである。

ただ、態度もまた、びっくりするほど悪かった。

加治の前までやってくると、こちらの顔をまじまじと眺め、

「ま、こんなもんか」

ニコリともせずに言った。

「思ってたよりもいい男かもね。ほんのちょっとだけね」

「お気に召さなければ、別のセラピストもおりますが……」

加治は困惑気味に返した。こちらの容姿は、店のホームページで確認しているはずだからである。

「そんなことしたら時間かかるでしょ」

貴和子は吐き捨てるように言い放った。

「悪いけど、わたしそんなに暇じゃないのよ」

たしかに、デリヘルなどと違って女風では簡単に相手をチェンジできない。再予約には最低でも数日かかるし、副業としてセラピストをやっている者も少なくないから、一週間待ち、二週間待ちということもざらにある。

「それじゃあ、僕でよろしいでしょうか？」

「いいわよ。しかたないじゃない」

貴和子は言い放つと、ベッドに体を投げだした。あお向けで……手脚を大の字に

伸ばして……。

「さあ、早く抱いて」

「いやあ……」

加治は苦笑するしかなかった。

「まずは着替えていただいて、マッサージからにしませんか？　時間はたっぷりありますし」

「そんなのはいいの。とにかくわたしは抱いてもらいたいの」

すさまじい美人にもかかわらず、そう言い放つ貴和子の表情は荒《すさ》んでいた。しかも、欲求不満という感じもしない。綺麗《きれい》でスタイルもよくてエレガントなのに、色気というものがあまり漂ってこないのが、貴和子という女だった。

「いやしかし、店にお送りいただいたアンケートでは、マッサージを長めに希望とありますが……」

「マッサージなんてどうでもいいからセックスしてほしいって書いたら、相手にしてもらえないでしょう？」

加治はにわかに言葉を返せなかった。

「でも、わたし知ってるんだから。表向きはセックスしませんってことになってても、大半のセラピストがしてるって……あなたもそうでしょ？　だったらグダグダ言ってないで、さっさと抱いて」

「……ふうっ」

加治は深い溜息《ためいき》をついた。バチがあたったのかもしれない、と思った。かつて邪道セラピストを自任していたころは、そういう客こそウエルカムだった。しかし、せっかく心を入れ替え、性感マッサージについても勉強してきたのに、いきなりこういう客にあたってしまうとは厳しい因果応報である。

「なによ？　なにが不満なわけ？　そっか……」

貴和子は立ちあがって財布を出すと、一万円札の束を渡してきた。

「先にお金が欲しいのね。払うわよ、お金くらい」

「……多いです」

札を数えた加治は、貴和子に二万円を返した。今夜の料金は八万円なのに、一万円札が十枚あったからだ。

「心付けでしょ、わたし仕事が趣味だからお金だけはあるのよ」

「いやあ……」

「なんなのっ！」

貴和子は眼を吊《つ》りあげて怒りだした。

「あなた、お金をもらって女を抱くのが仕事でしょ？　違うの？」

「……そうですけど」

加治は次第に、言い争っているのが面倒になってきた。できることならこちらの段取りでプレイを進めたかったが、客に希望があれば叶《かな》えるように努力するのも女風のセラピストだろう。

それに、とにかく一回セックスをしてしまえば、彼女の気分も鎮まってくれるかもしれなかった。そうなったらあらためてマッサージをするなり、一緒に風呂に入ったりすればいい。

しかし……。

加治が抱きしめようとすると、貴和子は仰天した顔で後ろに飛びのいた。その飛びのき方が、いかにも大げさというか、滑稽かつ子供じみていた。眼を真ん丸に見開いてベッドの上まで逃げていったので、唖然《あぜん》としてしまった。

「どうしたんですか?」

加治がベッドに近づいていくと、

「いいっ！　やっぱりいいから、来ないでっ！　こっちに来ないでっ！」

貴和子はひきつりきった顔を左右に振った。タイトスーツを着たエレガントな大人の女が、こんなにも露骨に怯《おび》えている姿を、加治は初めて見た。

2

貴和子は本当に面倒くさい女だった。

加治がお金を置いて帰ろうとすると、「帰らないでっ！」と声を荒らげ、「じゃあセックスしますか？　マッサージでもいいですけど……」と提案しても、首を横に振るばかり……。

結局、ルームサービスでお酒を飲むことになった。スキンシップはいっさいなしでデートをするだけのために女風を利用する客もいることはいるが、それにしては八万円の料金は安くない気がした。高級ソープに行って、ひとっ風呂浴びるだけで帰ってくるようなものである。

「色っぽい女になりたいなって、思ったわけよ……」

赤ワインをグラスで三杯飲んだ貴和子は、女風を利用する気になった理由をポツポツと話しはじめた。

「わたしって色っぽくないでしょ？」

「そんなことないんじゃないですかねえ……」

ベッドの上に座っている貴和子に対し、加治はソファに腰をおろして赤ワインを飲んでいた。ふたりの間には一メートルほどの距離がある。手を伸ばしても届かない距離のほうが、貴和子は安心するらしい。

「いいのよ、お世辞言わなくて……」

貴和子は力なく笑った。

「うちの社員、みんなそういう陰口を言ってるもの。社長は綺麗だけど色気がない、恋愛偏差値が低そうだって……」

たしかにそう見えなくもないが、加治は黙っていた。貴和子が深く傷ついているように見えたからである。

「でもね、わたしには恋愛してる暇なんてなかったのよ。就職活動がうまくいかなかったから、卒業すると自分で起業して、経営を軌道に乗せることを最優先しなくちゃならなかったから……」

「ある意味立派だと思いますけど……」

「そうでしょっ！　わたしも自分の生き方に誇りをもってたし、べつに恋愛なんてしなくても……わたしは自分の容姿が男の人にどう見えるかよく知ってるし、実際モテるしね。でも、口説かれて駆け引きしたり、週末ごとにデートしたり、アニヴァーサリーにプレゼント贈りあったとか？　そういうことをしている暇はないわけよ」

「いいんじゃないですか、べつに……恋愛なんてしなくても死ぬわけじゃないし。むしろ仕事に支障が出るほうが死活問題というか……」

「でしょっ！　でしょっ！　そう思うでしょっ！」

貴和子は身を乗りだしてきたが、すぐに意気消沈し、

「わたしもそう思ってたんだけど……」

「気にすることないですよ。陰口なんて言うほうが卑劣なんだから」

「そうも言っていられないのよねえ……」

貴和子は深い溜息をついてから続けた。

「うちの会社で扱ってるのはレディースの服なわけ。口説かれ服とかデート服なんていう売り出し方もしてれば……ラッ、ランジェリーとか？　勝負下着はこれで決まりなんてキャッチコピーもつけていて……社員のみんなに、そんなことあの社長にわかるわけないとか……言われるから……」

声音が後ろにいくほど弱くなり、いまにも泣きだしそうな顔になっていく。

「非常に訊《き》きづらいことを訊いていいですか？」

「……いいけど」

加治はそっと言葉をかけた。

「処女なんですか？」

コクン、と貴和子は小さくうなずいた。

「馬鹿にすればいいわよ」

「いや、べつに誰も馬鹿になんて……」

「二十九歳で処女よ。明日になったら三十歳で処女よ。笑えばいいでしょ」

「だから誰も笑いませんって……ってゆーか、明日誕生日だったんですか？　言っといてくれればケーキとか用意しておいたのに……」

なだめるように言いつつも、加治の心中は複雑だった。つまり、彼女の求めているのはロスト・ヴァージンなのだ。処女を奪ってほしいのである。

なるほど……。

そういうふうに風俗産業を利用するのは、決して奇異なことではない。男だって、モテないモテないと嘆いてばかりいると、「ソープに行け！」と一喝されることがある。とにかくセックスを経験してしまえば、自信が得られるという理屈である。

ただ……。

童貞ならともかく、処女を奪うのは重すぎる、と加治はブルーな気分になった。仕事とはいえ、自分が貴和子の最初の男になるわけだ。それも彼女ほどの美人が相手となると、さすがに腰が引けてしまう。

「……どうしましょうか？」

弱りきった顔で訊《たず》ねると、

「奪ってよ」

貴和子は恨みがましい眼つきでじっとりと睨《にら》んできた。

「ケーキなんてどうでもいいから、誕生日を迎える前に処女を奪って」

「いやあ、そんな荒んだ感じで初体験を迎えないほうがいいんじゃないですかねえ……」

「わたしもわたしなりに悩んだすえのことなのよ」

「……そうですか」

「痛がると思うけど、情けをかけないで貫いて」

「はあ……」

「わたしは痛くて泣くと思う。たぶん、大人になって初めてくらいの勢いでギャン泣きするでしょうね。でも、途中でやめられちゃったら、三十歳になっても処女なのよ。それだけは嫌なの」

「……なるほど」

「ぎゅーってつかまえて、泣いてもわめいても、とにかく処女膜だけはしっかり破って」

貴和子の眼つきからは、断固たる決意が伝わってきた。アルコールの酔いが、彼女に多少の勇気を与えたのかもしれないが……。

「僕がリードしていいんですか？」

「それしかないでしょ。わたし、したことないんだから」

「……わかりました」

加治はうなずいた。もはや覚悟を決めるしかないようだった。

3

貴和子がバスルームに消えていくと、加治はキャリーバッグからオイルウォーマーや高級タオル、LEDキャンドルを取りだし、マッサージの準備を始めた。彼女はいきなりセックスをすることを求めているが、リラックスしてもらわなければ、うまくいくものもいかなくなる。こちらがリードしてもいいという言質《げんち》はとったので、とにかくまずはマッサージだ。

だが、スーツを脱いでケーシー白衣に着替える段になると、急に気が変わった。段取り通りの性感マッサージをするより、もっといい方法を思いついた。

「きゃあっ！」

バスルームの扉を開けると、貴和子は悲鳴をあげた。彼女は全裸でシャワーを浴びていたが、加治もまた全裸だった。股間でイチモツを隆々と反り返らせていた。貴和子の視線が一瞬それをとらえ、頬を赤くしたのを、加治は見逃さなかった。処女とはいえ、彼女も二十九歳。セックスについて好奇心もあるだろうし、それなりに性感も発達しているはずである。

「なっ、なによっ！　シャワー浴びてるところに勝手に入ってくるなんて失礼でしょっ！　出てってっ！」

貴和子はひどく焦って後退《あとずさ》ったが、狭いバスルームの中である。すぐに背中が壁にあたったので、加治は今度こそ逃さず、しっかりと抱きしめた。頭の上から熱いシャワーが降り注ぐ中、貴和子と唇を重ねていく。

「うんんっ！　うんんっ！」

貴和子はいやいやと身をよじったが、加治がキスをとき、険しい表情で見つめると、唇をわなわなと震わせることしかできなくなった。

加治はもう一度唇を重ね、今度は舌を差しだした。貴和子は唇を引き結んで侵入を拒もうとしたが、無駄な抵抗だった。

唇の合わせ目を舌先でなぞりながら、右手で乳房をすくいあげた。巨乳と言ってもいいような、なかなかに重量感がある肉房だった。指を食いこませて揉《も》みしだけば、ゴム鞠《まり》のような弾力が返ってきた。さらに乳首をくすぐってやると、貴和子は為す術もなく口を開いた。

「あああっ……」

じっくりと時間をかけて、舌と舌をからめあった。そうしつつも、加治はもちろん、愛撫の手を休めなかった。左右の乳房を代わるがわる揉みしだいては、乳首をつまんでやる。あっという間に物欲しげに尖《とが》りきったそれを、口に含んで吸いたてる。

「あううっ！　やっ、やめてっ！　やめてえええーっ……」

「リードは僕にまかせるって言ったじゃないですか」

「でも、ここじゃいや……ベッドでっ……ベッドで待ってて……」

「待てませんね」

加治が右手を股間に伸ばしていくと、

「あああーっ！」

貴和子は怯えたように眉根を寄せた。

仕事でランジェリーを扱っているだけあって、処女でも体に対する意識は高いのだろう。貴和子の陰毛は綺麗な小判形に整えられていた。お湯に濡《ぬ》れたそれを指先でもてあそんでやると、貴和子は太腿《ふともも》をこすりあわせながら、いまにも泣きだしそうな顔で睨んできた。

「そんなに怖い顔しないでください」

加治はシャワーをとめ、貴和子の手を取った。勃起しきった男根を握らせてやると、ハッと眼を見開いて息を呑《の》んだ。彼女が生まれて初めて男の器官を手にした瞬間だった。

「セックスするんでしょう？」

加治は甘い声でささやいた。

「処女を捨てたいんでしょう？」

「ううう……」

貴和子は唇を嚙《か》みしめながら睨んできた。悔しげではあるが、眼つきに諦観が滲《にじ》んでいる。加治は彼女の片脚をもちあげた。浴槽の縁に足をのせれば、必然的に股間が開く。

「あううーっ！」

加治の右手が、貴和子の花をとらえた。といっても、穢《けが》れなき花だ。いきなりいじりまわしたりはしない。手のひらで恥丘を包みこむようにして、中指は女の割れ目に添えるだけ。

「オナニーしたことはありますか？」

加治の問いかけに、貴和子は答えなかった。長い睫毛《まつげ》をふるふると震わせながら顔を伏せただけだ。しかし、うつむいていても、美しい顔が真っ赤に染まっているのがわかった。図星を突いたのは一目瞭然だった。

「いまどき女の自慰なんて珍しくもなんともないわよ。世界的なモデルが女性ホルモンを活発化させるためにやってるなんて、ＳＮＳで公言する時代よ」

「そうですね」

加治は笑顔でうなずいた。貴和子が定期的にオナニーをしているなら、こちらの予想以上に性感が発達しているかもしれない。処女膜がついている以上、肉穴に指を入れたりはできないが、多少の刺激は大丈夫なはずである。

「あああっ……あああっ……」

ぐっ、ぐっ、ぐっ、と手のひらで恥丘を押してやると、貴和子はにわかにあえぎはじめた。女の急所中の急所であるクリトリスは、恥丘の麓《ふもと》にある。そこを直接刺激しないように、恥丘全体に圧を加える。

「ああっ、いやっ……いやようっ……」

貴和子の「いや」のニュアンスが、先ほどとは変わった。どこか怯えきった眼つきで、小刻みに首を振る。彼女が男であったなら、睾丸《こうがん》を握られているような状態なのだ。

貴和子は間違いなく、異性に性器を触られるのが初めてだった。処女でもペッテイングの経験がある者もいるだろうが、彼女はそういうタイプではない。怯えてしまうのもしようがないが、性器を刺激しあうのがセックスなのである。

「僕のも可愛《かわい》がってくださいよ」

真っ赤に染まっている耳元でささやいた。

「オチンチン、しごいてもらっていいですか？」

「えっ？　えええっ……」

貴和子は意味がわからないという顔をしたが、もちろんカマトトぶっているだけだった。セックスの経験がなくても、男性器の愛撫の仕方くらいは知っているものだ。知識として知らなくても、本能が知っている。実際、貴和子は男根をしごきだした。ものすごくぎごちなかったが、そのぶん初々しい感じがして、加治は興奮してしまった。

「それが入るんですよ、両脚の間に」

「言わないでっ……怖いっ……」

「怖くないですよ。舐《な》めてみますか？」

「そっ、そんなっ……」

貴和子はおぞましげに眼を見開いた。

「そんなことできるわけないでしょ！」

「どうして？」

「女風って女がお金を払ってサービスしてもらうところじゃないの？　どうしてわたしが舐めなくちゃいけないのよ」

「なるほど、一理ありますね」

加治はうなずくと、貴和子の尻を浴槽の縁にのせた。座らせたうえで両脚を大きく開いていくと、

「いやあああああーっ！」

貴和子は悲鳴をあげてのけぞった。とはいえ、両手を後ろにまわせば、向こう側の縁につかまることができる。ただし、股間を前に出張らせた、あられもない格好で……。

「それじゃあ、サービスさせていただきます」

加治は貴和子の股間に顔を近づけていった。二十九歳・処女の花は、くすみのない綺麗なアーモンドピンク色をしていた。花びらに縮れが少ないのも、未経験ゆえだろうか。きちんとシンメトリーを描き、合わせ目が縦に一本の筋をつくっている。美しくもいやらしい光景に、息を呑まずにいられない。

加治は処女の花をチラチラと横眼で見ながら、真っ白い太腿にキスをした。チュッ、チュッ、と音をたてて唇を押しつけつつ、鼻を鳴らして匂いを嗅ぐ。処女の性

器はかなりきつい匂いがするという話を聞いたことがあった。触れることに慣れていないから念入りに洗わないせいらしいが、シャワーを浴びている最中だったのでそれほど強く匂ってこない。

「やっ、やめてっ……もうやめてっ……」

貴和子はもはや半泣きだった。肝心な部分はまだ舐めていないが、匂いを嗅いでいるし、至近距離からじろじろ見ている。処女にとってはかなりの羞恥プレイだろう。だが、このくらいは乗り越えてもらわなければならない。この先には、さらなる試練ばかりが待ち受けているのだ。

加治は満を持して、女の花を舐めはじめた。まずは花びらの合わせ目から、縦一本筋をなぞるように舌先を這《は》わせていく。下から上に、下から上に、決して強く刺激してはならない。普通の女でもそうなのだから、相手が処女ならなおさらである。

「ああっ、いやっ……あああっ、いやあああっ……」

貴和子は股間を出張らせた格好で、左右の太腿をぶるぶると震わせた。のけぞった状態でも、意外に安定感がある。浴槽の横幅が、あまり広くないからだろう。ラブホテルの広いバスタブや、ジャグジーのついた円形のものだったら、こうはいかなかった。

「おいしいっ！　おいしいですよ、貴和子さんのオマンコッ！」

加治は舌を躍らせながら、上眼遣いで貴和子を見た。

「嘘《うそ》ばっかり。そんなところがおいしいわけが……」

「本当においしいですって」

加治は舌を限界まで伸ばしきり、舌の裏側をクリトリスにあてた。つるつるした舌の裏側は、味蕾《みらい》のあるざらついた表面よりなめらかなのだ。

吉原のマユミに教わったその技は、二十九歳の処女にも通用した。舌を動かさず、顔を左右に動かすのがコツらしい。もちろん、クリトリスの包皮を剝《む》くような、乱暴なことはしていない。

いやよいやよと拒んでいたくせに、貴和子は次第にクンニリングスの虜《とりこ》になっていった。

「はっ、はぁうううううーっ！　はぁうううううーっ！」

獣じみたあえぎ声をあげ、浴槽の縁にのせている両足の指をぎゅっと丸める。女が感じているときのサインである。手応えを感じた加治は、花びらの合わせ目を執《しつ》拗《よう》に舐めあげては、舌の裏側でクリトリスを刺激した。女体に負担のかかる体勢を強いているので、あまり長時間はできないだろうと思っていたが……。

「ああっ、ダメッ……ダメダメダメえええーっ！」

貴和子は端整な美貌を真っ赤に燃やして、叫ぶように言った。

「イッ、イクッ……そんなにしたらイッちゃうっ……イクイクイクッ……はっ、はぁあああああーっ！」

すさまじいスピードでオルガスムスに駆けあがっていき、ガクガクと腰を震わせた。

4

その後、ベッドに移動して貴和子の処女を奪った。

彼女自身が予言したとおり、泣くのわめくの大変な騒ぎだったが力を合わせてなんとか乗りきり、事後にはふたりで夜明けのコーヒーを飲みながら、無事にロスト・ヴァージンを達成できたことを祝福した。

一夜を過ごしたホテルを去りながら、彼女からは二度と予約が入らないだろう、と思った。

女風で処女を捨てるというのは、男が考えるより心中複雑に違いない。モテない男がソープで童貞を捨てるのとは、やはり違う。

貴和子はプライドが高い女だから、女風を利用したことを誰かに話すとは思えない。むしろ、自分自身の記憶からさえ抹消するような気がするが、それで気持ちが楽になるのなら忘れてもらってかまわなかった。

ところが、半月もしないうちに二度目の予約が入り、今度は自宅マンションに呼ばれた。女風の客が自宅にセラピストを呼ぶのは珍しいことではないが、貴和子から予約が入ったこと自体に加治は驚いていた。

「一回しただけだと、セックスの仕方を忘れちゃいそうじゃない？」

貴和子はそっぽを向き、眼を合わせずに言った。五人は座れそうなL字形のソファがある広々としたリビングで、彼女はバスローブ姿だった。

「ってゆーか、この前は痛いだけだったし。処女を捧《ささ》げたんだから、最後まで責任をもって開発してもらわないとね」

言い訳にしか聞こえなかったが、加治は内心で微笑《ほほえ》んでいた。可愛い人だなと思った。「この前は痛いだけだった」というのは嘘である。彼女は一度、バスルームでイッている。

おかげで、貴和子は加治のことを信用して体をあずけてくれた。たしかに貫通式は壮絶だったけれど、痛いだけではなかったのだ。気持ちがよかったという思い出も、初体験に刻みこむことができたのである。

「開発、ですか……」

なんとなくそんなことを言われるような気がしていた加治は、腹案を用意してあった。指名されたからには、気持ちよくなってもらいたかったし、セックスを好きになってほしかった。

一方の貴和子もまた、思うところがあったようだ。ただ闇雲に、女風のセラピストを自宅に招いたわけではなかった。

「ねえねえ、うちの会社の新作ランジェリー見る？」

悪戯《いたずら》っぽく眼を輝かせて言うと、着ていたガウンをいきなり脱ぎだした。紫色のセクシーランジェリーを着けていた。つやつやした光沢のあるサテンの生地で、黒いレースで縁取られている。おまけに、ガーターベルトでセパレート式のストッキングまで吊っている。もはや下着というよりセックスの小道具のようだったが、エロティックな気分を盛りあげるための準備に労力を費やすのは悪いことではない。

「色っぽいですよ」

加治は真顔でささやいた。

「処女を捨てた効果ですかね。この前に会ったときより、セクシーに見えます」

「いいのよ、お世辞言わないで」

貴和子は苦笑した。

「でも、あなたのおかげでわたしすっかり女風が気に入っちゃった。仕事が最優先な生き方は、きっと一生変えられない。恋愛は必要ないけど、セックスは必要かもしれないって思った。女風に払うお金を稼ぐためなら、馬車馬のように働けそう」

「お世辞じゃないですよ。本当にセクシーだ」

加治は貴和子に身を寄せていき、腰を抱いた。息のかかる距離まで顔を近づけていくと、自然と唇が重なった。

たしかに、処女を捨てただけで色気が出るというのは無理があった。しかし、褒め言葉には女を磨きあげる力があるだろうし、紫と黒のセクシーランジェリーに裸身を飾られた貴和子の姿は正真正銘エロティックで、加治は勃起するのをこらえきれなかった。

「今夜はどうします？　マッサージもできますけど……」

「けど？」

「貴和子さん、クンニが特別感じるみたいだから、たっぷり舐めてあげたいな」

「なーに？」

貴和子が恨めしげに睨んでくる。

「それって馬鹿にしてるの？　処女のくせにクンニでイッたって……」

「違いますよ」

加治は苦笑した。

「この前はうっかりバスルームでしちゃいましたけど、今度は部屋でゆっくり楽しんでもらいたいなって」

「なにがうっかりよ」

「すいません。でも気持ちよかったでしょ？」

「そう言うけど、あれってものすごく恥ずかしいんだからね」

貴和子の眼の下がほんのり赤く染まっていく。なるほど、二十九歳まで他人に触れられたことのない場所を舐めまわされ、あまつさえ絶頂に達した姿までさらしてしまったのだから、死ぬほど恥ずかしかったに違いない。

「でもほら、バスルームは明るいけど。部屋なら薄暗くできるじゃないですか。リラックスできると思いますよ」

「……それもそうか」

貴和子はなんとか納得してくれたようだった。

「じゃあ、そこでしましょうか」

ソファにうながそうとすると、

「えっ？　奥の寝室にベッドがあるけど……」

貴和子は怪訝《けげん》そうに眉をひそめた。

「クンニだけなら、ソファのほうが都合がいいんですよ」

「なんの都合かしら？」

「体勢というか、なんというか……」

加治は曖昧に言葉を濁しながら、貴和子をソファに座らせた。リビングの照明を最小限まで絞った。

ベッドよりソファのほうがクンニに適しているというのは、あながち嘘ではなかった。加治は最近、ＡＶ関係者のＹｏｕＴｕｂｅを熱心に見ているが、女優も男優も口を揃《そろ》えてそう言っている。

スーツの上着だけ脱ぐと、貴和子と並んでソファに腰をおろした。まずは肩を抱き、唇を重ねる。先ほどのキスは挨拶がわりだったが、今度は舌をからめあう濃厚な口づけである。

「うんんっ……うんんっ……」

貴和子の表情が蕩《とろ》けていく。女はたいていキスが好きなものだが、女風を利用する向きにとくにその傾向が強い。ゆえに時間をかける。唾液が糸を引くほど熱っぽく舌をからめあっては、口内を隈無《くまな》く舐めまわしてやる。

「よく似合ってますよ。本当にセクシーだ……」

まぶしげに眼を細めてささやきながら、紫色のブラジャーに包まれている乳房を手のひらで包んだ。サテンの生地のなめらかな触り心地と、縁取るレースのざらついた感触が、淫らなハーモニーを奏でる。やわやわと揉みしだけば、手のひらに女らしさが伝わってくる。

「わっ、わたしねっ……いままでっ……この手の下着を着けたことなかったのっ……自分の会社で扱ってるのにっ……」

胸を揉まれている貴和子の呼吸は、早くも乱れはじめていた。

「商品でも、なんだか恥ずかしくて……でも、思いきって着けてみたら、とってもエッチな気分になった……それがすごく新鮮な感じがして、男の人に見てもらいたくなった……夫も恋人もいないわたしは、お金を払って見てもらうしかないんだけど……んんんーっ！」

加治がブラジャーのカップをずらすと、貴和子は恥ずかしそうに眼を閉じた。露《あら》わになった左右の乳首を、舌で転がしてやる。チロチロ、チロチロ、と舌先で刺激してやれば、淫らなほどに鋭く尖って女体の欲情を伝えてくる。

ずいぶんと反応がよかった。

処女を失ってから、いままで以上にオナニーに励んでいるのかもしれない――というのはゲスの勘ぐりだろうか？　もちろん、馬鹿にするつもりなんてなかった。反応がよくなるのはいいことだ。どういうやり方であれ、快楽を求めて生きるのは正しいに決まっている。

「ああぁっ……」

加治の右手が下半身を這いまわりはじめると、貴和子の呼吸はいやらしいほど昂《たか》ぶっていった。紫色のパンティの上から、女の割れ目をなぞってやる。触るか触らないかぎりぎりのタッチで、すうっ、すうっ、と撫《な》であげる。

「こっ、この前も思ったけど……」

貴和子がハアハアと息をはずませながら言った。

「あなたの指、とっても気持ちいいのね……うっとりしちゃう……」

「ありがとうございます」

加治は真顔で礼を言いつつ、執拗に右手の中指を動かした。なぞったり撫でたり尺取虫のように動かしたり、時には爪を使って薄布の奥にある女の急所に微弱な刺激を与えつづける。

土田に「武器になる」と予言された加治の細くて長い指は、このところ客に評判がよかった。性感マッサージでもセックスの前戯でも、主役となるのはいつだって指だ。指をうまく動かせるセラピストに、一目置かない女はいない。

邪道セラピストを自任していたころは、女が欲しいのは結局のところ男根だけだろうと、手指による愛撫はおざなりだった。いや、おざなりどころの話ではない。セラピストになる前から、前戯は電マにまかせっぱなしだった。

しかし、いまの加治が電マを使うことはない。手指による愛撫に情熱を注ぎこんでいる。女が感じてくれれば嬉《うれ》しいし、褒められれば自信もつく。指先ひとつで女の官能を操るのは、それ自体がたまらない快感だ。

「ああっ……」

パンティの中に右手を忍びこませていくと、貴和子はせつなげに眉根を寄せた。眼はしっかりとつぶっているが、加治が陰毛をもてあそびはじめると、小鼻が赤く染まり、半開きの唇が震えだした。

いやらしい顔である。

快楽をむさぼりたがっている牝《めす》の顔だ。

パンティの中の熱気もすごい。淫らな熱気がむんむんとこもって、女体の発情を伝えてくる。

加治はあわてず、まずは割れ目のまわりから指を這わせていった。人差し指と中指で太腿の付け根をなぞりたてては、貴和子の表情をうかがう。初対面で度肝を抜かれた美貌はいま、淫らな期待と発情への羞《は》じらいだけに彩られ、可哀相《かわいそう》なほどひきつりきっている。

「くううっ！」

半開きの唇から、くぐもった声がもれた。加治の右手が、いよいよ核心に迫ったからだ。人差し指と中指を、女の割れ目の両サイドにあてがった。Vサインを閉じたり開いたりすれば、必然的に割れ目も閉じたり開いたりする。

その愛撫を続けつつ、左手で乳首をいじり、貴和子の口を吸ってやる。彼女のほうから積極的に舌をからめてきたのは、発情の現れなのか？　あるいは羞じらいを忘れたいのか？

いずれにせよ、いい傾向だった。

なにしろ処女を奪ったときは、ほとんどマグロだったのだから、半月もしないうちに眼を見張る成長を遂げたと言っていい。

5

いったん愛撫を中断し、貴和子の体から離れた。立ちあがり、服を脱いでブリーフ一枚になった。

彼女の足元にしゃがみこみ、パンティの両サイドに手をかける。貴和子はガーターベルトを着けていたが、ストラップの上からパンティを穿《は》いていたので、それだけを脱がすことができそうだった。

「お尻、もちあげてもらってもいいですか」

声をかけると、貴和子は胸に手をあてて何度か深呼吸をしてから、尻をもちあげてくれた。加治がパンティをめくりおろしても、眼を閉じたままだった。両脚をM字に開いていくと、両手で顔を覆い隠した。端整な美貌は真っ赤に染まり、見るからにひどく熱くなっていそうだった。

加治はM字開脚の中心をまじまじと眺めた。優美な小判形の草むらが茂っているのは恥丘の上だけで、女の花のまわりは無駄毛一本見当たらない。アーモンドピンクの花びらは縮れがなく、綺麗なシンメトリーを描いて口を閉じている。見た目は半月前と同じでも、あのときとは決定的な違いがある。貴和子はもう、男を知らない処女ではない。

「あううーっ！」

花びらの合わせ目を舌先でなぞりたてると、貴和子は喜悦に歪《ゆが》んだ声をあげた。恥ずかしいのも本当だろうが、気持ちがよくなりたいのも本当なのだ。

普段の彼女の声はやや低めだが、あえぎ声は高くてか細かった。声をあげることに慣れていないから控えめなあえぎ声だったが、それでも感じていることは隠しきれない。ツツーッ、ツツーッ、と合わせ目を下から上に舐めあげていくと、身をよじりだした。なにかをこらえるように足指をぎゅっと丸め、真っ白い内腿を波打つように震わせる。

しばらく縦一本筋を舌先でなぞりつづけていると、ぴったりと身を寄せあっていた花びらと花びらがほつれ、つやつやと濡れ光る薄桃色の粘膜が恥ずかしげに顔をのぞかせた。

見た目からして濡れていることがわかったが、加治は焦らなかった。左右の花びらを交互に口に含み、そっとしゃぶってやる。貴和子の身をよじる動きが激しくなってくると、いかにも新鮮そうな薄桃色の粘膜を舐めはじめた。さらには舌先を尖らせて、浅瀬にヌプヌプと差しこんでいく。

「くぅううーっ！　くぅうううーっ！」

貴和子はたまらないようだった。これがされたいがために、加治を自宅に呼んだことはあきらかだった。この前のクンニが忘れられなかったのだ。

オーラルセックスは、時に性器の結合より気持ちがいい。セックス初心者であればなおさらそうで、加治にしても最初にフェラチオをされたときの衝撃的な快感を、いまでもよく覚えているくらいだ。

初体験に激痛を伴い、性器で快感を得られるようになるまでしばらく時間がかかる女なら、なおさらそうだろう。ということは、ここに突破口があるはずだった。ただクンニでイカせてやるだけではなく、半月前まで処女だった三十歳がセックスを楽しめるようになるための足がかりが……。

「あああっ、そこっ！」

加治がクリトリスを舐めはじめると、貴和子は眼を見開いてすがるように見つめてきた。加治は上眼遣いで彼女の様子をうかがいつつ、チロチロ、チロチロ、と舌を動かした。肉芽には包皮を被《かぶ》せたままだし、つるつるした舌の裏を使っている。舌を動かすのではなく、顔を左右に振って刺激しはじめると、貴和子はひいひいと喉を絞ってよがり泣きはじめた。

「そっ、そこいいっ！　そこがいいのっ！　ああああーっ！」

このままイカせることができそうな手応えさえ感じたが、加治は次の一手を打った。舌の裏でクリトリスを刺激しつつ、右手の中指で肉穴の入口をこちょこちょとくすぐってやる。

「はぁああああーっ！」

貴和子は白い喉を見せてのけぞったが、ソファに座った状態なので逃げ場所はない。ベッドの上のように後退《あとずさ》れないまま、未知なる刺激に悶絶《もんぜつ》することしかできない。

こちょこちょ、こちょこちょ、と加治は浅瀬をくすぐりまわした。そうしつつ、じわじわと指先を沈めていく。

細くて長い指が、セラピストとしての武器に豹変《ひょうへん》した。土田のように太い指だったら、処女を失ったばかりのこの肉穴には負担が大きいかもしれない。だが、加治の指ならすんなり入る。第二関節まで沈めると、ゆっくりと抜き差しを開始した。もちろん、クリトリスを舐めながらだ。

「ああっ、いやっ！　あああっ、いやあああっ……」

貴和子が激しく乱れていく。長い黒髪を振り乱し、紫色のブラジャーからこぼれた白い乳房をタプタプと揺らして、快楽の海に溺れていく。

それなりに経験を積んだ女が相手なら、肉穴に沈めた指を折り曲げて、Ｇスポットを押しあげたり、肉ひだを攪拌《かくはん》するところだ。加治はぐっとこらえ、まっすぐに伸ばした指の抜き差しだけを執拗に続けた。

ただ、貴和子がイキそうになると指を抜き、クリトリスから舌も離した。貴和子の顔がやるせなさそうに歪んだ。経験の浅い彼女にも、焦《じ》らされていることがわかったようだったが、彼女はプライドが高い女社長、女風のセラピストに「イカせて」なんて言えないのである。

加治は寸止めの愛撫をしつこく続けた。目的はもちろん、肉穴に異物を入れるのに慣れてもらうことだった。五回、六回と寸止めを繰り返しつつ、次第に指を深く沈めていった。中でちょっと指を動かしても、貴和子に痛がる様子はない。

「ああああっ……はぁああああっ……はああああっ……」

あえぐ貴和子は、ただイキたがっていた。半月前のバスルームでのクンニを再現し、死にたくなるような羞恥さえ吹き飛ばすような、爆発的な快感を与えてほしくてたまらないようだった。

加治にはこの先、ふたつの選択肢があった。

このままイカせてやるか、それとも男根を挿入するか……。

後者を選択するまで、少し時間がかかった。だが、決断したからには行動あるのみだと、立ちあがってブリーフを脱いだ。唸《うな》りをあげて反り返った男根を見て、貴和子が息を呑む。性器の結合でイカせる自信はまったくなかったが、加治のほうが彼女を欲しくなってしまった。

セラピストとはいえ人間であり、男なのである。いい女が絶頂を求めてよがり泣いていれば、貫きたくなって当然——未熟かもしれないが、加治は自分の衝動を抑えることができなかった。

「入れてもいいですか？」

女が拒絶すれば、それはできない。金を払って男を買う女には、拒絶の自由がある。それは女風を利用する大きなメリットだ。

「嫌ならクンニを続けますが、どうします？」

「あっ、あなたはどうなのよ？」

欲情しきった表情で、けれども貴和子は気丈に返してきた。

「わたしのこと抱きたいの？　営業上のサービス？」

「貴和子さんが欲しいです」

加治はまっすぐに眼を見て言った。

「じゃあ抱いて」

貴和子は眼を泳がせながら返した。

「気が合うわね。ちょうどわたしも、あなたが欲しかったところなの」

加治はうなずいてコンドームを装着した。寝室に移動するのももどかしく、ソファの上で挿入の体勢を整える。五人は座れそうな広いソファなので、正常位で繋《つな》がることになんの問題もなさそうだ。

勃起しきった男根を握りしめ、濡れた花園に狙いを定めると、加治は貴和子に上体を覆い被せた。顔と顔とが息のかかる距離で、肩を抱きながらささやいた。

「痛かったら言ってくださいね」

「わかってる」

貴和子はこわばりきった顔で返した。

「指は気持ちよかったけど、オチンチンはずっと太いものね」

「そうですね」

「でも、わたしも欲しいの。痛いかもしれないけど、すごく欲しい。これが女の本能かしら？　そう思うとすごく嬉しい」

視線と視線が熱くからまりあい、お互いに生唾を呑みこむ。

「いきますよ……」

加治は興奮に上ずった声で言った。貴和子がうなずいたので、腰を前に送りだした。ずぶっ、と亀頭が沈みこむ感触に、息がとまる。

処女を奪ったときは、一回では入れられなかった。貴和子に痛い思いをさせながら、四、五回チャレンジしてようやくロスト・ヴァージンを成功させることができたのである。

だが、いまはもう、挿入を邪魔する処女膜はない。指でのマッサージにも時間をかけた。たぶん痛みはないはずだ、いや、そうであってほしいと祈りながら、じわじわと結合を深めていく。

「うっ……うっくっ……」

貴和子は眉間に深い縦皺《たてじわ》を寄せ、ぎゅっと眼を閉じている。痛みがあるのかどうか、表情からはうかがい知れない。

一方の加治は、興奮しきっていた。前回は処女喪失を成功させることに集中していたが、今回は純粋なセックスだ。

高慢にして類《たぐ》い稀《まれ》な美貌を誇る女社長が、両脚を開いて自分の男根を受け入れている。抜群のスタイルを飾っているのは、扇情的な紫色のランジェリー。ゆっくりと腰を動かしはじめれば、控えめながらもあんあんという声が聞こえてくる。こんなにもいい女を抱けるなんて、まさに役得。女風のセラピストをやっていてよかったと思う瞬間である。

だが……。

それは違うとすぐに思い直した。邪道セラピスト時代なら自分の欲望だけを追い求めていただろうが、加治は生まれ変わったのだ。なるほど、美女を相手に好き放題に腰を動かし、男の精を思いきり吐きだせば、気持ちがいいに違いない。そうではなく、もっと大きな悦《よろこ》びを求めて、自分は生まれ変わったのではなかったのか？

「痛くないですか？」

連打を放ちたい衝動をこらえて、貴和子にささやきかけた。

「大丈夫……」

貴和子が薄眼を開けてこちらを見る。

「痛いどころか、けっこう気持ちいい……」

「本当に？」

「本当」

貴和子の瞳はいやらしいほど潤みきり、こちらを愛《いと》おしげに見つめてくる。

見つめあいながら、加治はスローピッチのピストン運動を続けた。最初はただ続けているだけだったが、こする位置を何度か変えてみた。すると、貴和子の反応がいい場所が見つかった。浅いところのほうが感じるようなので、そこを集中的に刺激していく。

「ああっ！」

貴和子が顔をそむけながら、加治の腕をつかんできた。

「そっ、そこいいっ……気持ちいいっ……」

顔をそむけつつも、腕をつかむ力は強く、絞りだすような声には切羽つまった感情が滲んでいた。

加治は腰の動きをキープしつつ、貴和子にキスをした。耳をいじり、首筋を撫で、乳房を揉みしだいた。できる愛撫を総動員した波状攻撃に、貴和子が乱れていく。声がひときわ甲高くなり、激しいほどに身をよじる。ずちゅっぐちゅっ、ずちゅっぐちゅっ、という肉ずれ音が聞こえてくると、

「いやあああっ……」

声をあげて羞じらったが、身をよじるのはやめられない。セクシーランジェリーに飾られた肢体をしきりにくねらせながら、加治にしがみついてくる。抱擁する力は強くなっていく一方で、呼吸も昂ぶっていくばかりだ。

「いっ、いやっ……」

不意に眼を開けてこちらを見た。

「おっ、おかしいっ……わたしおかしいっ……」

加治は黙ってうなずいた。貴和子になにが起こっているのか、説明されなくてもわかった。

「おっ、おかしくなるっ……わたしおかしくなるっ……処女を捨てたばっかりなのにっ……まだ二回目のセックスなのにいいーっ！」

叫ぶように言いつつ、なにかを迎え撃つように身構えた。こちらにしがみついてくる体がぎゅーっと固くなり、次の瞬間、巻きすぎたゼンマイが弾《はじ》け飛ぶように解き放たれた。

「……イッ、イクッ！」

背中を反らせ、ガクガクと腰を震わせながら、貴和子はオルガスムスに達した。経験豊富な女と比べれば、いかにも地味な、控えめなイキ方だった。実際、絶頂の熱量や快感の深さも、たいしたことはなかったのかもしれない。

それでも、二回目のセックスで絶頂に達した衝撃は、彼女の心身を打ちのめしたようだった。

釣りあげられたばかりの魚のように五体を跳ねさせてイキきると、がっくりと力を抜いた。

加治はまだ射精していなかったが、続けるつもりはなかった。そっと結合をとくと、添い寝の体勢で貴和子の肩を抱いた。

貴和子がこちらを見つめてきた。眼の焦点が合っていない顔で、ハアハアと息をはずませながら、満面の笑みを浮かべた。可愛かった。可愛い女だと思ったし、高慢な女社長にそんな顔をさせている自分が誇らしかった。射精をしなくても、加治は充分に満足した。

第五章　秘密の花園

1

冬は女風のかき入れ時だ。

十二月になると予約が殺到しはじめ、とくにクリスマス・イブから正月にかけては、セラピストは嬉《うれ》しい悲鳴をあげることになる。女風に限らず、年末年始が忙しいのは、男性向け風俗店でも変わらない。

ただ、風俗嬢なら体力さえあれば一日十人の客をとることも可能だろうが、男には精力の限界がある。

やりたい盛りの若いころならともかく、加治はもう三十歳。一人ひとりに濃厚かつきめ細やかなサービスを心掛けるなら、どんなに頑張っても一日三人が限界だった。それも連日となるととても無理で、加治は基本的に一日にふたりまで、できればひとりのほうがいいと考えている。

だがそうなると、予約の申し入れを断らなければならず、それはそれで心苦しかった。予約がとれなくてがっかりしている常連客の顔を想像するといたたまれなくなり、精力剤を大量に飲んで一日四人に挑むこともある。

女風の利用客にはセックスレスの人妻が多いが、その時期はあまり姿を見せない。年末年始は家族の行事が多いから、たとえセックスレスでも妻や母の役割をまっとうしようとしているに違いない。

かわりに増えるのが独身のキャリアウーマンだ。クリスマス・イブや大晦日《おおみそか》、あるいは正月休みをひとりで過ごすのが淋《さび》しいからだろう。

帰省先があったとしても、仕事に情熱を傾けている独身女の腰は重い。帰省すれば、「早く結婚しなさい」と両親や親戚縁者から鬱陶しいプレッシャーをかけられる。決して安くはない交通費を払って実家に帰り、嫌な思いをするくらいなら、女風を利用してすっきりし、明日への活力を得ようと考えても、誰も彼女たちを責められないはずだ。

その年の十二月二十四日、クリスマス・イブの日、加治には五人の予約問い合わせが入った。残念ながら、そのうち四人を断らなければならなかった。その日に限っては、ひとりの客に集中する必要があったからである。

花村由香《はなむらゆか》、二十七歳——加治にとって、ＶＩＰ中のＶＩＰの客だった。キャリアウーマンではないけれど、彼女ほど働き者の女を加治は他に知らない。

由香の職業はアイドルだ。

三十数人からなるアイドルグループのセンターに立つ、絶対的エース。いま日本でいちばん売れているグループの頂点なので、トップ中のトップ、国民的アイドルと言っていいだろう。ファッション雑誌で専属モデルもやっていれば、テレビのヴァラエティ番組にもよく呼ばれ、年間ＣＭ出演本数で一位になることも珍しくない。

そんな由香が女風を利用するようになったきっかけは、いっぷう変わっている。

彼女が所属するグループの最年少は十三歳なので、二十七歳といえばアイドルとしていささか年がいきすぎてしまっていると見る向きが多い。普通は二十五歳くらいで卒業し、芸能界でのセカンドキャリア——女優であったりタレントであったりに転身するのだが、由香の場合は人気がありすぎて事務所がそれを許してくれなかった。

由香本人はさっさと卒業したかったはずだ。

アイドルとしてできることはもうやり尽くしてしまったし、セカンドキャリアを始めるのなら早いほうがいい。なにより、アイドルグループに所属している間は恋愛ができない。二十七歳のいい大人に恋愛禁止というのもひどい話だが、ファンがそれを望み、ファンを失えばグループを維持していくことができない以上、事務所は恋愛禁止をアイドルに求め、プロ意識の強い由香はノースキャンダルを貫いている。

だが、さすがに由香が気の毒だと思ったのだろう、所属事務所の女社長が、加治の働いている店の社長に相談をもちかけた。

アイドルであるからには恋愛解禁にはできないが、性欲処理の一助として女風を利用できないだろうか、と……。

もっとはっきり言えば、由香に自棄《やけ》を起こされないための、夜伽《よとぎ》を求めてきたのである。

女風を利用する客層は広く、中には有名人も少なくない。加治が施術しただけでも、女芸人、柔道日本代表、ワイドショーでお馴染《なじ》みの文化人などがいる。守秘義務を怠れば生きていけない世界だから、加治の耳に入らないだけでもっと有名な客だっているに違いない。だが、さすがに国民的アイドルとなると、他にもいるとは考えづらい。

社長も最初は驚いたらしいが、これはビジネスチャンスだと思って話を請け負うことにした。

女風以外にもいくつもの会社を経営している社長と、一介のセラピストが直接会うことはほぼない。だが、由香に送りだす相手を選ぶために、何人かのセラピストと社長との個人面談が行なわれた。その結果、加治が選ばれたわけだが、近い将来、アイドル、女優、女性タレントこそが女風の太客《ふときゃく》になるはずだと、そのとき社長は熱弁していた。

「恋をすることは誰にもとめられない。人間である以上、それは無理だ……だが、性欲は金で処理できる。それはいままで男の特権だったが、近年女にも可能になった。アイドルを続けたい、でも男とも遊びたいっていうすこぶる健康的な女が、安全かつ秘密裏に性欲を満たすことができれば、どうなる？　理不尽な恋愛禁止だって受け入れられるかもしれないじゃないか。一〇〇パーセントとは言いきれないが、男も女も若いころは恋と性欲の区別がつかないもんだからね。数年かけて築きあげた清廉潔白なイメージが、不倫スキャンダル一発で台無しになるのが芸能人の宿命だよ。性欲処理さえきっちりできていれば、自分のキャリアを台無しにする危険な恋への憧憬も、多少なりとも薄まるに違いない……いや、薄まってほしい……」

一介のセラピストに過ぎない加治に向かって熱っぽく語っていた社長は、とうに還暦を過ぎていそうなのに、夢見る少年のような眼をした男だった。

相手が国民的アイドルとなれば、逢瀬《おうせ》ひとつとっても大変だ。

新宿伊勢丹前で集合、などということは間違ってもできないから、由香の所属する事務所のマネージャーが、クルマで加治を迎えにくる。四十がらみの女マネージャーだ。後部座席に座った加治はアイマスクで目隠しすることを義務づけられ、由香の自宅を特定することはできない。

といっても、それほど遠くではないので、おそらく港区あたりのマンションだろう。とにかく豪華で、家賃は百万円を下らない感じだ。

クルマが地下駐車場に停《と》まると、女マネージャーとふたりでエレベーターに乗りこむ。目的の階にしか到着しないエレベーターだ。この手の芸能人御用達マンションは、とにかく出入り口の数が多く、同じマンションの住人でも極力顔を合わせないように考えつくされている。

それでも女マネージャーはいっさい気を抜くことなく、いつだって注意深くまわりの気配をうかがっている。マネージャーというよりSPのような眼光の鋭さに、加治は半ば呆《あき》れながらも感心せずにはいられない。

二十四日が明けて二十五日の午前三時、加治は由香の部屋に入った。

売れっ子アイドルは、女風のセラピスト以上に十二月が超多忙である。年末はいつも以上にテレビの歌番組が多いし、正月向けのヴァラエティ番組の収録もある。グループの顔である由香は、おそらく八面六臂《はちめんろっぴ》の大活躍をしているはずだった。ろくに睡眠時間もとれないだろうに、そんな中でも女風のセラピストを呼ぶのだから、ちょっとした性欲モンスターである。

いや……。

男に「疲れ魔羅《まら》」があるように、女だって疲れているときこそ性欲が増長するのかもしれない。

いずれにせよ、セラピストである加治にできることは彼女の性欲を満たしてやることだけだった。その日、加治に与えられた時間は午前三時から四時までの一時間——まるで格安ソープ並みの六十分一本勝負だが、その短時間で疲れやストレスが吹き飛ぶくらい気持ちよくしてあげなければならないのだ。

2

国民的アイドルだから、由香はとびきり綺麗《きれい》である。

ただし、二十七歳という年齢も相俟《あいま》って、可愛《かわい》いタイプというより美人というほうがしっくりくる。

色白で小さな卵形の顔、ぱっちりした大きな眼、鼻は高く、唇は深紅の薔薇《ばら》のように艶やかだ。やや茶色がかった長い髪はシャンプーのCMが絶えないほどさらさらで、首は長く、スタイルも抜群。アイドルといえばどんな衣装でも着こなせるように極端に痩せている場合が多いが、由香の場合はグラビアモデルのように胸が大きく、ヒップもボリューミーである。

ただ、それだけなら国民的アイドルにはなれない。アイドルが美しくてスタイル抜群なのは当たり前であり、プラスアルファが求められるものだが、由香には輝くようなオーラがあった。言葉ではなかなか表現しづらいが、美女のひしめくアイドル界にあっても飛び抜けて華があり、ステージに立てば数万人の視線を釘《くぎ》づけにできる。

「こんばんはー」

玄関前で送迎役のマネージャーと別れた加治は、ひとりで由香の部屋に入っていった。彼女のオーラに圧倒されてはいけない、自然に振る舞わねばならない、と自分に言い聞かせながら……。

「あっ、加治くん、お待ちかねー」

台所仕事をしていた由香は、胸当てのある白いエプロン姿で迎えてくれた。フリルのついたデザインが可愛かった。

「マネージャーさんは?」

「下のクルマで待ってるって。時間になったら迎えにきてくれるらしい」

「なんか悪いわよねー。彼女のほうこそ、女風を利用したほうがいいんじゃないかな。忙しすぎて、遊んでいる暇なんて全然ないもの」

「売れっ子アイドルも大変だろうけど、そのマネージャーもたしかに大変そうだよね」

「加治くん、一丁揉《も》んであげれば」

冗談を言ってケラケラ笑う。国民的アイドルにもかかわらず、由香は気さくな性格だった。全然お高くとまっていない。腰が低くてフレンドリー。

「ところでなにつくってるの?」

「やだもう。わかってるくせに」

うりうり、と由香が肘で腹を突いてくる。茶目っ気たっぷりなそんな態度は、テレビのヴァラエティ番組で見ているそのままだ。

「加治くんのごはんじゃないの」

「なっ、なるほど……」

由香は料理がうまい。日本中に顔を知られているから外食をするのもままならないのだろうし、体重管理をするためには自炊をしたほうがベターなのだろう。

だが、それを差し引いても由香の料理の腕には驚かされた。きっと本来は家庭的な性格で、人をもてなすのが好きなのだ。彼女の部屋にやってくるのはこれで三回目だが、最初はカラスミのパスタをご馳走《ちそう》してくれた。二回目はシーフードグラタンだった。

そして今日は……。

「弁当？」

加治は不思議な思いで首をかしげた。小ぶりな弁当箱に、ケチャップのかかったオムライスらしきものがつまっている。付け合わせは、ニンジンにブロッコリーにキノコのソテー。

「これなら持って帰れるでしょ」

由香が笑う。

「今日は時間が全然ないし、それに……加治くん、いつもごはん残しちゃうじゃない？」

「ごめん……」

加治は頭をかきながら謝るしかなかった。たしかに残してしまった。花村由香がつくったパスタやグラタンを完食しないなんて、熱狂的なファンが聞いたら激怒されるだろうが、満腹になってしまうとセックスのパフォーマンスが落ちてしまうのである。

「それにね……」

由香は意味ありげに眼を輝かせた。

「このお弁当には、わたしの夢がつまってるの」

「夢？　どんな……」

「ちょっと待ってね」

由香は弁当箱に蓋をすると、それをナプキンで丁寧に包み、

「玄関に行きましょう」

と加治の手を取ってキッチンを出た。

「なにするんだい、玄関で？」

「わたしね、将来結婚したらご主人さまに毎日お弁当つくって、玄関でお見送りしたいの。加治くん、ご主人さまの役、やって」

「……いいけどね」

「設定はサラリーマン。お堅い仕事してる感じ」

「……了解」

芝居の素養などまったくない加治だったが、客に求められたからにはやるしかなかった。先ほど脱いだばかりの靴を履き直し、由香と向きあう。

「じゃああなた、お仕事頑張ってね」

由香はノリノリで満面の笑みを浮かべている。

「今日の帰りは何時ごろ？」

「いつも通り……いや、いつもより早く帰ってくるよ」

「嬉しい。じゃあ、はい。お弁当」

「ありがとう」

加治は両手で弁当を受けとった。花村由香のつくった弁当なんて、オークションにかけたら何十万の値段がつくのではないだろうか？

「由香の弁当はいつもおいしいからなあ。今日も食べるのが楽しみだ」

笑顔で言いながらも、加治は胸が締めつけられる思いだった。

これは由香の将来の夢ではなく、現在の希望のような気がしてならなかったからだ。国民的アイドルでさえなければ、すでに結婚していてもおかしくない年齢なのである。結婚まではしなくても、恋人に弁当をつくるくらいのことは普通にできたはずだ。

しかし、彼女にはそれができない。人気稼業で稼いでいる以上、恋愛禁止はしかたがない。それはそうだとしても、女風セラピストの下手な芝居で我慢しなければならない気持ちがせつない。

「いってらっしゃーい」

由香が笑顔で手を振ったので、加治は玄関から出ていこうとした。まだ芝居が続くのかと思いながら……。

「ちょっと待って」

由香が低い声で制した。振り返ると、唇を尖《とが》らせた険しい表情をしていた。

「そのリアクションはひどくないかな?」

「そっ、そう……どのへんが?」

加治は困惑顔で首をかしげた。

「だって、大好きな奥さんが愛妻弁当を渡して見送ってるのよ。そんなにさっさと出ていくかしら?　普通はハグしたり……チュウしたりしない?」

「……なるほど」

加治はうなずいた。たしかに失態だった。女風のセラピストは相手の求めているものを敏感に察知し、先まわりして与えてやらなければならない。

「じゃあ、もう一回手を振ってくれる?」

「いってらっしゃーい」

今度は扉のほうには顔を向けず、由香を抱きしめた。

「好きだよ、由香。愛してる」

できるだけ甘い雰囲気でささやく。

「わたしも。加治くん大好き」

「今日は会社休んじゃおうかな。仕事なんかより、由香と一緒にいたいよ」

「ダメよー、ずる休みなんて……」

言いつつも、由香は加治にしがみついて離れない。これはこの流れのままプレイに突入してほしいのだな、と判断するしかなかった。

「愛してるよ、由香」

熱っぽくささやき、唇と唇を重ねる。普段施術するとき、これほど「好き」だの「愛している」だのを連発することはない。だが、由香が求めているのは単なる性欲処理ではなく、疑似恋愛とセットになったセックスなのである。

「うんんっ……ぅんんっ……」

お互い口を開き、舌と舌とを情熱的にからめあわせる。そうなると由香は、オーラ全開のアイドルでも、料理好きの気さくな女でもなくなり、欲情を隠しきれなくなる。眼の下を赤く染め、黒い瞳を潤みきらせていく。

「ああんっ、加治くん、好きっ……好きよっ……」

熱い抱擁と濃厚なキスに、加治は眼がくらみそうになった。プロ意識の高い由香は、疑似は疑似として普通の恋愛とはきっちり線を引ける女だった。ホストの色恋営業に嵌《は》まり、何百万もの借金をつくった挙げ句に風俗嬢になるような女とは、根本的に違う。

わかっても、勘違いしてしまいそうになる。

由香がセンターに立っているアイドルグループは、ドーム球場を満員に埋めつくせる。五万人からの声援を一身で受けとめている女がいま、欲情全開で自分とディープキスをしているのである。疑似恋愛に付き合っているはずなのに、リアルに彼女に恋をしてしまいそうな自分が、自分で怖くなってくる。

3

由香の部屋には鏡が多い。

洗面所やバスルームはもちろん、リビングにも寝室にも玄関にもある。どこもかしこも鏡だらけ、と言っていい。しかもやたらとサイズが大きく、リビングなど壁一面が鏡張りだ。

身だしなみには人並み以上に気を遣わなければならない職業だし、ダンスの振り入れやポージングの研究のためにも必要なのだろう。

だが、それ以上に由香は自分のことが大好きなのだ。彼女ほど容姿に恵まれていればしかたがないのかもしれないが、時間さえあれば一日中でも鏡を見ているのではないだろうか。

「ぅんんっ……ぅんんっ……」

玄関で舌をからめあうディープなキスをしながらも、由香はチラチラと鏡を見ていた。全身が映る姿見である。

彼女はパイルのようにふわふわした生地の部屋着を着ていた。半袖にショートパンツで、白地にパステルカラーのボーダーが入っている。その上から胸当てのついた白いエプロンを着けた姿は、まさに幸せいっぱいの新妻のよう……。

ただ、由香の場合はオーラがありすぎるので、ＣＭで新妻を演じているアイドルにしか見えないのだが、彼女自身はそんなことなどおかまいなしに、玄関でキスをしている自分に酔っている。チラッと鏡を見るたびに、眼つきはうっとりしていき、吐息ははずんでいく。

「……ベッドに行きますか？」

加治はいったんキスをやめてささやいた。前二回はじっくりとマッサージをしてからセックスに突入したのだが、今回は一時間しかない。送迎係の女マネージャーに時間厳守を厳命されたので、マッサージは端折《はしょ》るしかなかった。

「やだ」

由香は甘えるような眼つきでこちらを見た。

「ここでしようよ」

「えっ……」

加治は眼を泳がせた。豪華マンションとはいえ、玄関である。国民的アイドルがセックスする場所として、相応《ふさわ》しいとは言えない。

「男の人って、そういうところあるんでしょ？」

由香がうかがうような上眼遣いを向けてくる。

「ベッドまで我慢できないっていうか……ベッドに行くまで一分もかからないのに、その一分が惜しいっていうか……そういうふうに抱かれてみたいの」

「……なるほど」

ベッドに移動する一分が惜しいと思っているのは自分じゃないのか？　と加治は思ったが黙っていた。

「ダメ？」

「いやいや……たしかに、由香ちゃんみたいに綺麗な奥さんがいたら、ベッドまで我慢できないかもしれないね。どこでも求めてしまいそうだ」

「本当？」

クスクス笑っている由香は、いまの言葉がお世辞だなんて小指の先ほども思っていないようだった。笑顔に自信があふれている。見ようによっては自信過剰な嫌な女だが、彼女の場合はしかたがない。なにしろ国民的アイドルなのである。

「もう我慢できないからここでしよう」

加治はナプキンに包まれた弁当をシューズボックスの上に置き、靴を脱いで部屋にあがり直した。それからあらためて由香を抱擁する。顔と顔が近づくと唇が自然と重なったが、先ほどまでのキスとは違った。先ほどまでは最上級に情熱的なキスだったが、ここから先はセックスの前戯である。

「うんんっ……あああっ……」

舌をしゃぶりながら体をまさぐりはじめると、由香は身悶《みもだ》えはじめた。部屋着にエプロンを着けた姿は可愛らしいのに、二十七歳の体はすっかり成熟して男にまさぐられることを求めている。

彼女は人並み以上に性欲が強い女だった。美しすぎる容姿にそぐわないほど、と加治も最初は思ったが、間違っていた。美人でスタイル抜群だからこそ、性欲が強いのである。抑えきれない自己愛が、性欲となって顕在化する。

「好きだよ、由香……愛してるよ……」

加治はささやきながら、由香の服を脱がしていった。エプロンをはずし、部屋着の上下も奪うと、ペパーミントグリーンの下着が姿を現した。海外ロケに行ったときにでも買い求めたものだろう、ブラジャーはハーフカップで胸の谷間を強調し、パンティはTバックで尻の双丘をほとんど見せている。フランス人やイタリア人が好みそうな、エロティックなデザインである。

彼女は仕事で水着姿を披露することがある。加治も雑誌のグラビアで何度か見かけた。水着と下着、露出度はほとんど同じでも、写真に収まっている由香といまの彼女はまるで別人だった。

下着が舶来品のエロティックなものだからではない。

欲情しているからだ。

玄関で下着姿にされたにもかかわらず、羞《は》じらうこともできないまま、いやらしいほど瞳を潤ませている。

「ああんっ……」

後ろから抱きしめてブラジャー越しに乳房を揉みしだくと、由香は甘いあえぎ声をもらした。加治は女らしいふくらみに指を食いこませながら、由香の立っている向きをゆっくりと変えていく。彼女が鏡に向き合えるように……。

「綺麗だよ、由香。前を見てごらん」

耳元でささやき、鏡を見るようにうながした。由香は双頬《そうきょう》を赤く染めて眼を伏せたが、恥ずかしがっているわけではない。愛撫《あいぶ》されている自分の姿を見て、興奮しているのである。

　加治はブラジャーを取って生身のふくらみを露《あら》わにした。ゆうにFカップはありそうな、丸々とした姿が卑猥《ひわい》だった。顔立ちが美しいから、大きすぎる乳房がよけいにいやらしく見えるのだ。

　とはいえ、乳房もまた美しい。丸みの強いフォルムもそうだし、乳首など淡いピンク色だ。しかも、乳首のついている位置が高いから、ツンと上を向いて見える。

　加治は続けて、パンティもおろして脚から抜いた。これで由香は生まれたままの姿である。股間はパイパンだった。鏡に向かって立っていると、割れ目の上端がはっきり見えた。

「はっ、恥ずかしい……」

　さすがに由香は両手で胸と股間を隠した。後ろに立っている加治はまだスーツ姿のままで、ネクタイまできちんと締めている。全裸の女とのコントラストが、その場の雰囲気を異常なものへと変貌させていく。

　とはいえ、由香は本気で恥ずかしがっているわけではない。加治が後ろから剝《む》き身の双乳をすくあげ、やわやわと揉みしだくと、胸を手で隠していることができなくなった。股間を押さえていた手も、いつの間にか後ろにまわって加治の上着をつかんでいた。

垂涎《すいぜん》の光景が目の前に現れた。

鏡に映っているのは国民的なアイドルのヌード、しかもパイパンだから割れ目の上端まで露出している。何十万、何百万の日本男児たちが夢想し、けれども決して拝むことができないヌードがここにある。

拝むことができるのは、女風のセラピストだけだ。まさに驚くべき特権、これほどの役得は、由香の担当に指名されるまで想像したことすらなかった。

しかし加治は、由香が国民的アイドルであることはいったん忘れてしまおうと思った。

彼女はいま、ただの女になりたいのだ。

お堅い仕事をしているサラリーマンの新妻になるというファンタジーの中で、ただのひとりの女として愛されたいのである。

「あううっ！」

左右の乳首をつまんでやると、由香はせつなげに眉根を寄せた。いよいよ加治の武器である、細くて長い指が仕事を開始した。ギター演奏で鍛えた指は、細長いだけではなく、素早く動かすことができる。力はあくまで微弱なソフトタッチ、しかし、つまんだり、こすったり、爪ではじいたり、動きにヴァリエーションをつけ、スピーディに左右の乳首をいじりまわしてやる。途中途中で指を舐《な》めて唾液をつけ、すべりをなめらかにすることも忘れない。

「ああっ、いいっ！　気持ちいいっ！」

由香が鏡越しに見つめてくる。前二回、ベッドでセックスしたときは、最初から最後まで眼を閉じていたはずだ。

しかしいまは、目の前に鏡がある。見ずにはいられないのだろう。大好きな自分の体が、男の手指で愛《め》でられているところを……。

「好きだよ、由香……愛してるよ……」

左右の乳首を刺激しながら、加治は由香の耳元で何度も何度もささやいた。馬鹿みたいな台詞《せりふ》でも、疑似恋愛に浸りたい彼女には響く。「好きだよ」「愛してる」とささやくたびに身をよじり、やがて左右の太腿《ふともも》をこすりあわせはじめた。

疼《うず》いているのだ。

女の器官が熱く疼いてしまうがないから、左右の太腿をこすりあわせずにいられない。極端な内股になって、身悶えずにはいられないのだ。

「触ってほしいのかい？」

加治は右手を下半身に這《は》わせていった。すべすべした素肌の感触を手のひらで味わうようにして、胸から腹部、さらにその下へと……。

「さっ、触ってっ……」

由香が興奮に上ずった声で答える。

加治は股間に触れようとしたが、

「でもっ！」

由香はそれを制するように声を跳ねあげた。

「でも、指ではイカせないでっ……加治くんの指、とっても気持ちいいからっ……本気で触られるとすぐイッちゃうからっ……」

「了解」

加治は鏡越しに眼を合わせ、うなずいた。

前回も同じことを言われた。どうせイクならペニスを入れられてからのほうがいい、と思っているようだった。

二十七歳の大人の女とはいえ、由香は同世代の女と比べてセックスの経験が少ない。恋愛禁止のアイドルグループに七、八年も所属しているのだから、それもしかたがないだろう。

女の体は成熟してくると、ひと晩で十回でも二十回でもイケるものだが、由香はまだその領域には達していない。手マンでイッてしまうと、ペニスを挿入してからイキにくくなる。女のオルガスムスには濃淡があり、手マンでイクより挿入でイッたほうが、当然ながら快感は深い。経験は少なくても性欲の強い彼女だから、後者を選択したくなる気持ちはよくわかる。

「んんんっ……」

右手の中指でこんもりと盛りあがった恥丘を撫《な》でてやると、由香はくぐもった声をもらした。恥ずかしそうな顔をしているが、それでもみずから両脚を開いていく。

加治は中指をひと舐めして唾液をつけてから、それを由香の股間に忍びこませていった。いくら目の前に鏡があっても、立った状態では股間の奥まで見えないが、彼女の花はとても美しい。と同時に、いやらしくもある。ぴったりと口を閉じているときは守りが堅固そうなのに、興奮してくると花びらがぷっくりと肥厚して、蝶々《ちょうちょう》のように羽根をひろげる。

「んんんんーっ！」

花びらに軽く触れただけで、由香の美しい顔は歪《ゆが》んだ。指に唾液をつけているので、スムーズに動かすことができた。花びらの合わせ目を何度かなぞっているうちに、内側からも熱い蜜が滲みだしてきた。

「あああっ……」

花びらをひろげると、新鮮な蜜が大量にあふれだし、あっという間に指が泳ぐほど濡《ぬ》れまみれた。加治は一定のペースを保ちながら、根気強く割れ目を撫であげた。

そうしつつ、左手では乳首をいじっている。後ろから耳に吐息を吹きかけたり、首筋を舐めたりもする。

「あああっ……はぁあああっ……はぁあああっ……」

加治の波状攻撃を受けた由香はみるみる顔を紅潮させ、息をはずませていった。時折、左右の太腿をぎゅっと閉じたりするが、加治の右手はすでに割れ目をとらえているので防御にはならない。

「あううう－っ！」

加治の中指がクリトリスを刺激しはじめると、由香は顔を真っ赤にしてのけぞった。加治がバックハグしていなければ倒れてしまいそうな勢いでのけぞって、長い両脚をガクガクと震わせた。

4

加治の額にじわりと汗が浮かんできた。

まだスーツを着たままなので暑くなったのではない。

バックハグの体勢でクリトリスおよびその周辺を指でいじりはじめてから、かなりの時間が経《た》っていた。時計で計れば十分にも満たないかもしれないが、黙々と指を動かし続けるには忍耐が必要だし、それ以上に集中力を欠くことができない。単調なようでも、女の反応をうかがいつつ、感じるポイントを探しだすのはなかなかに大変な作業なのだ。

それに、今夜はただ感じさせればいいというわけではない。由香に「指ではイカせないで」と言われたので、女体がオルガスムスに達しそうになると手綱をゆるめる必要もある。

「あああーっ！　はぁあああーっ！」

ねちねち、ねちねち、クリトリスをいじりまわされている由香の全身は、汗ばんで甘ったるい匂いを放っていた。求められて行なっている焦《じ》らしプレイだったが、由香は加治の指技をことのほか気に入っているようだった。

「そろそろ入れましょうか？」

先ほど挿入を示唆したところ、

「もっと触って。もうちょっとだけ」

由香は指技を中断することを許してくれなかった。

「クンニに移りますか？」

と訊《たず》ねても、

「舐めなくてもいい。指がいい」

頑として手マンを続けることを求めてきた。

自分の指技を気に入っているのは嬉しいし、指先だけで体中から発汗するほど感じさせていることにも充実感がある。

しかし、今夜は時間がないのだ。シューズボックスの上にあるデジタル置き時計は、午前三時四十分を表示している。あと二十分で送迎係の女マネージャーがやってきて、後部座席でアイマスクなのである。

「ねっ、ねえっ……」

由香がこちらを見た。鏡越しにではなく、振り返って欲情しきった顔を直接向けてきた。

「こっ、このままイカせてほしいっ……」

「いや、でも……」

加治は困惑に口ごもった。

「入れたほうが思いきりイケるんじゃないかな……」

「いいのっ！　もうイキたいのっ！」

由香は子供のように地団駄《じだんだ》を踏んだ。

「気持ちがよすぎて脳味噌が蕩《とろ》けそうなの。このままイカせてもらっても、オチンチン入れられたのと同じくらい気持ちがいいと思う」

「いやいや……」

加治は苦りきった顔で首を横に振った。

女風のセラピストにとって、客の希望は絶対である。しかし、相手が後悔するとわかっているなら、その限りではない。決定権は向こうにあっても、いちおうは説得を試みる。

「抱かせてくださいよ」

ズボンの下で痛いくらいに勃起している男根を、由香のヒップに押しつけた。

「そのほうが絶対、絶頂の度合いも高いですから」

「なによう……」

由香がいまにも泣きだしそうな顔で睨《にら》んでくる。

「わたしのこと、抱きたいわけ?」

「……はい」

加治は由香の眼を見てうなずいた。嘘《うそ》だった。痛いくらいに勃起していても、自分は女風のセラピスト。挿入以外の方法で、挿入以上の快楽が与えられるなら、喜んで辛抱する。

だが、由香の場合はそうではない。前二回の記憶を辿《たど》っても、挿入しているときがいちばん感じていたし、いちばん乱れていた。

「本当に抱きたい?」

「はい」

「じゃあ抱いて」

「すいません」

加治は頭をさげつつ、ベルトをはずした。素早くズボンとブリーフをさげて、勃起しきった男根を露出する。

だが、上着のポケットからコンドームを取りだそうとしたとき、異変が起こった。由香がこちらを向いて足元にしゃがみこんだのだ。臍《へそ》を叩《たた》きそうな勢いで反り返った肉の棒を握りしめると、紅唇《こうしん》を卑猥なOの字に開いた。

「うんあっ！」

そのままぱっくりと亀頭を頬張ってきたので、加治は卒倒しそうになった。邪道セラピスト時代はよくやっていたが、いまでは客にフェラチオを求めることはなくなった。夫や彼氏に口腔《こうこう》奉仕ばかり求められて困っているとぼやく客が多かったし、そもそも女風は男が女にサービスをするところなのだ。フェラチオは女風には相応《ふさわ》しくないと考えをあらためた。

だが由香は、むほっ、むほっ、と鼻息も荒く男の器官をしゃぶりあげ、ペロペロ、ペロペロ、と亀頭を舐めまわしてきた。拙《つたな》いやり方だったが、欲情しているせいか勢いだけはある。

じわり、と罪悪感がこみあげてきた。たとえ自分が本物の恋人でも、彼女にフェラチオなど求めないだろうと思った。相手は国民的アイドルなのである。ベッドの上でもお姫さまのように扱ってやらなければバチがあたる。

「それならそうと、早く言えばよかったじゃないの……」

唾液でヌラヌラと濡れ光っている肉棒をしごきながら、由香は恨みがましい上眼遣いで加治を見上げてきた。

「わたしのこと抱きたいなら抱きたいって……加治くんって、いっつもわたしの顔色ばっかりうかがってるよね？　わたしが人気アイドルだから？　それとも女風のセラピストってみんなそうなの？　やさしくしてくれるのは嬉しいけど、女は求められたい生き物なの！　お金を払ってサービスしてもらってても、おまえを抱きたいって言われたいの！」

加治は天を仰ぎたくなった。女風はとにかくお客さまファースト——そんな考えに固執していたから、由香の本音を見抜けなかったらしい。

それにしても……。

テレビをつければ見ない日はないくらい売れているアイドルであり、ＹｏｕＴｕｂｅに動画をあげれば一日で百万再生もあたりまえというほどファンに支持されている彼女である。それでもなお、ひとりの男に強く求められたがっている女心がせつない。

「由香が欲しいよ……」

加治はしゃがんでいる由香を抱き起こし、鏡に両手をつかせた。国民的アイドルの唾液で濡れたペニスにコンドームを素早く被《かぶ》せ、立ちバックスタイルで突きだされた尻の中心に切っ先をあてがっていく。

「わたしもっ……」

由香が淫らなまでに上ずった声で返す。

「わたしも欲しいっ……加治くんがっ……加治くんのオチンチンが欲しいっ……」

「いくぞ……」

加治はくびれた腰を両手でつかみ、由香の中に入っていった。ずぶっ、と亀頭を沈めこんだ瞬間、鏡に映った彼女の顔は歪んだ。それでも眼は閉じなかった。鏡に映った自分を凝視している。

「むうっ……」

男根を根本まで埋めこむと、加治は太い息を吐きだした。由香の中は充分に潤んでいたが、いきなり動きだしては女の体に負担をかける。女らしくくびれた腰を両手で撫でさすり、尻の双丘を揉みしだいた。ぐいぐいと指を食いこませると、セピア色のアヌスがチラリと見えた。当たり前だが、トップアイドルにだって排泄《はいせつ》器官はついている。

「はっ、早くっ……」

由香が鏡越しに声をかけてくる。

「早くちょうだいっ……早くっ……」

加治はうなずき、ゆっくりと動きはじめた。まずは腰をグラインドさせ、内側の肉ひだを攪拌《かくはん》する。それだけで、ずちゅっ、ぐちゅっ、と卑猥な肉ずれ音がたつほど、由香の中はよく濡れている。

加治はくびれた腰をつかみ直すと、男根の抜き差しを開始した。抜いては入れ、入れては抜きを繰り返し、次第にピッチをあげていく。

これが三回目のセックスだから、彼女が感じるところはわかっていた。経験が少ないわりには、いちばん奥が感じるのだ。ポルチオである。それも性欲の強さがなせる業か、中イキもしっかりできる。

「ああああっ……はぁあああああっ……」

由香は鏡に映った自分の姿に夢中だった。どんな性的ファンタジーを頭の中に描いているのか、よがりあえぐ自分の姿を見て興奮を高めていく。

とはいえ、いつまで眼を開いていられるだろう？　受けとめきれないほどの快楽が押し寄せてきたら、どんなふうに反応するのか？

パンパンッ、パンパンッ、と尻を打ち鳴らして、加治は連打を送りこんだ。綺麗な顔に似合わずボリューミーな由香の尻は、バックスタイルで突きあげると本当にいい音をたてる。

「あうううう――っ！」

由香が甲高い声をあげる。豊満な乳房を淫らに揺らせはずませ、怒濤《どとう》の連打にあえぎにあえぐ。

だが、まだ眼は開けたままだった。薄眼だが、肉の悦《よろこ》びに溺れゆく自分を見て、うっとりしている。

これならどうだ、とばかりに加治は突き方を変えた。速射砲のような連打ではなく、一打一打に力を込めた渾身《こんしん》のストロークを国民的アイドルに打ちこんでやった。狙うはもちろん、ポルチオである。亀頭の先でコリコリした子宮をこすりあげるイメージで、牝《めす》の本能をしたたかに刺激してやる。

「はっ、はぁううううう――っ！」

由香が獣じみた声をあげた。いままでよりあきらかに情感あふれる、切羽つまった声だった。

「あっ、あたってるっ……奥までくるっ……いちばん奥まで、届いてるうううううー――っ！」

一分と経たないうちに、彼女の背中には汗の粒が浮かんできた。それを舐めてやりたくて、後ろから双乳をすくいあげて抱き寄せる。たわわに実った肉房も、すでに汗でヌルヌルの状態だ。

「ああっ、いやっ……あああっ、いやあああっ……」

彼女はまだ眼を開けていた。しかし、ふたつの黒い瞳は欲情の涙でねっとりと潤みきり、眼の焦点が合っていない。

このままイカせられるという手応えが、加治にはあった。時計を見ると、女マネージャーが迎えにくるまで、あと七分だった。女風セラピストのサービス精神が、このままフィニッシュすることを拒んだ。七分あれば、もう一段刺激的なことができる。超多忙なスケジュールの中、わざわざ自分を呼んでくれた由香に、ひとつでも多くのおみやげを持たしてやりたい。

「あああっ……はぁあああっ……なっ、なにっ？」

ピストン運動をいったんとめると、由香はわけがわからないという顔で振り返った。もうすぐイキそうだったからだろう。だが、本当に戸惑うのはこれからだった。

加治は彼女の両脚を抱えあげた。

「いっ、いやあああああーっ！」

鏡に映った自分の姿を見て、由香が悲鳴をあげる。

リバース式の駅弁スタイルである。

ＡＶでお馴染みの駅弁スタイルは普通、男と女が向きあう体勢で行なわれる。女の両脚が宙に浮いていても、男の首根っこにしがみつきやすいからだ。

それをバックスタイルでやってほしいという客がいた。なんでもＡＶで見たらしい。ＡＶで行なわれる体位は、快楽の追求よりも見映えを優先しているのでおすすめできません、と加治は答えた。はっきり言って、自分にそんなアクロバティックなことができるとは思えなかった。

しかし、どうしてもと頭をさげられて断りきれなくなり、チャレンジしてみると意外なほど簡単にできた。おそらく、身長差とか体格、あるいは性器の角度の相性がよかったのだろう。

その客は信用金庫に勤めている三十歳の女だった。身長は由香と同じくらい、体格や体重も近い気がする。もちろん、顔は国民的アイドルと比べたところで意味がないが、リバース式の駅弁スタイルは由香にも通用するのではないかという直感が走った。

「いっ、いやっ！　こんなの恥ずかしいっ！　かっ、加治くんっ、これはやめてっ……許してえええぇーっ！」

叫びながらも落下の危機を感じたのだろう、由香は両手を後ろにまわし、加治の体をつかんできた。

　由香が恥ずかしがるのも当然だった。幼い少女に小用を足させるような格好で抱えあげられながら、勃起しきった男根で貫かれているのである。しかも由香はパイパン。鏡に映った彼女は、男女の性器の結合部をあられもなくさらけだしているのである。

「ねっ、ねえ、加治くん、お願いっ……わたし泣くよっ……こんなことされたらわたし泣いちゃうよっ……」

「鏡をよく見てくださいよ」

　加治は真っ赤に染まった由香の耳にささやいた。

「とっても綺麗じゃないですか。こんな身も蓋もない格好をしてるのに、彫刻みたいに美しい。どんな男も惑わせられるほどエロティックで、どんな女にも憧れられるほどセクシーだ」

「ううう……」

　由香は悔しげに唇を噛《か》みしめた。結局、彼女は自分のことが大好きなのだ。鏡の前で裸になり、うっとりしている姿が容易に想像がつく。そんな彼女が、結合部をさらけだされたくらいで本気で恥ずかしがるわけがない。鏡に映っているのはたしかに衝撃的な光景だが、慣れてくれれば楽しめるはずなのだ。

「あおおおっ！」

由香の口からおかしな声が飛びだした。加治が不意に、彼女の体を揺すりだしたからだ。この体位には決定的な短所があり、それほど長く継続できない。筋トレを趣味にしているわけでもない加治が継続できるのは、せいぜい一、二分なのである。

だが、短所があれば長所もある。これほど女を深く貫ける体位もあまりない。結合部に由香の全体重がかかっているからだ。つまり、彼女がいちばん感じる子宮を刺激するのにうってつけ——それも、下から突きあげる必要はなく、女体を揺らすだけでいい。あとは重力が由香を乱れさせてくれる。

「ああっ、いやっ……へっ、変よっ……変なのよっ……」

ユッサ、ユッサ、と由香の体を揺するたびに、亀頭が子宮にこすれるのがわかった。子宮はコリコリした感触だから、加治のほうも気持ちがいい。ユッサユッサ、ユッサユッサ、と揺らす動きに熱がこもる。由香の体が予想外に軽かったせいもあり、気がつけばその行為に没頭していた。

「あああああっ、恥ずかしいっ！　恥ずかしいのに、気持ちいいっ！　いいっ！　いいいいーっ！　すごいいいいいーっ！」

由香が叫ぶように言う。

「かっ、加治くん、あたるのっ！　ぐりぐりあたるのっ！　いちばん奥を、ぐりぐりされるのおおおーっ！」

　彼女はもう、鏡に映った自分を見ていなかった。眼をつぶっているわけではない。鏡越しに加治を見ていた。視線と視線がぶつかりあっていた。加治は異様に興奮していた。セラピストとして自分が興奮するのは愚の骨頂――大半の場合、そのほうがうまくいく。セラピストは自分の欲望より、客の欲望を満たすことを考えるべきなのだ。

　しかし、何事にも例外はある。由香のようなタイプの場合は、思いきって欲望を解き放ったほうがいいのかもしれない。

「いいよ、由香っ！　こっちもすごい気持ちいいよっ！」

「ああっ、嬉しいっ！　嬉しいっ！」

「好きだよ、由香っ！　由香のオマンコ、大好きだよっ！」

「あああああっ……」

　国民的なアイドルの美貌が、いまにも泣きだしそうに歪んだ。

「イッ、イッちゃうっ！　わたしもうイクッ！　ねえ、加治くん、見てっ！　由香が恥ずかしい格好でイクところ、しっかり見てえええーっ！」

　由香が振り返ってキスを求めてくる。加治はキスに応えたが、腕の筋肉がそろそろ我慢の限界に達しそうだった。

「あああっ、いやあああああーっ！」

由香がキスを振りほどいて叫んだ。

「もっ、もうダメッ！　もう我慢できないっ！　イクイクイクイクイクーッ！　はっ、はぁあああああああーっ！」

ビクンッ、ビクンッ、と腰を跳ねさせて、由香は絶頂に達した。真っ赤に染まった美貌をくしゃくしゃにして、歓喜の悲鳴を撒《ま》き散らした。

「こっ、こっちもっ！　こっちも出すぞっ！」

加治も叫ぶように言った。

「ああっ、出してっ！」

由香が喜悦の痙攣《けいれん》に震えながら答える。

「出してっ、加治くんっ！　いっぱい出してええええーっ！」

「うおおおおおーっ！」

加治は雄叫《おたけ》びをあげて射精した。ドクンッ、と放出した瞬間、雷に打たれたような衝撃的な快感に全身が打ちのめされた。ドクンッ、ドクンッ、と男の精を吐きだすたびに体の芯に灼熱《しゃくねつ》の快感が走り抜けていく。アクメに達したばかりの肉穴は普段より締まりを増し、男の精を吸いだすような動きをしている。

「ああっ、ビクビクしてるっ！　加治くんのオチンチン、由香のオマンコの中でビクビクしてるううううーっ！」

由香は歓喜の涙さえ流しながら、激しく身をよじった。加治の腕はもう限界をとっくに超えていたが、彼女を落下させることだけはできなかった。ドクンッ、ドクンッ、と射精を続けながら由香の体を再び揺すりだすと、

「ああっ、いやっ！　イッ、イッちゃうっ！　そんなことしたら、またイッちゃううっ！　イクイクイクイクイクイクウウウーッ！」

由香は続けざまに絶頂に駆けあがっていき、長い髪を振り乱してよがりによがった。鏡の前でリバース式の駅弁という恥ずかしすぎるシチュエーションにもかかわらず、女に生まれてきた悦びをむさぼり抜いた。

第六章　プロ対プロ

1

年末年始があわただしく過ぎていった。

一日三人が三日連続というような無茶なスケジュールもあったりして、加治は無心で日々を駆け抜けた。忙しくてかえってよかった、と思っていた。予約が入らず暇をもてあましていたりしたら、余計なことを考えてしまいそうだった。

由香のことである。

去年のクリスマス・イブ、深夜の三時から四時までの一時間という強行軍で、加治は彼女の自宅に呼ばれた。途中まではうまくいっていた。しかし、女風のセラピストはやさしく相手を癒やすだけではダメだと、由香によって教えられた。教えられた以上、それに応えなくては男がすたると思った。

久しぶりに本気でセックスしてしまった。

加治を予約してくる客は、八割方本番行為を求めてくるし、求められれば加治は応じる。だが、邪道セラピストを卒業してからは、自分の欲望より相手の欲望を優先することを心掛けてきた。そのため、射精しないこともよくあった。無理に射精しようとは決してしなかったし、仕事と思えば我慢もできた。幸い、心を入れ替えてからは毎日途切れることなく予約が入っていたから、セックスするチャンスはすぐに訪れる。精力の温存という意味でも、射精にこだわる必要がなかったのだ。

しかし……。

それだけではダメだと由香に教えられた。

アイドル界の頂点に立ったかわりに、彼女はひとりの男に強く自分を求められることができなくなった。なにかを得ればなにかを失うのが世のことわりだから、恋愛禁止はしかたがないことかもしれない。だが、由香が疑似恋愛に浸りたいと知っているのに、その体を求めてやることができなかった自分は、セラピストとしてあまりに未熟だ。

マイナスポイントを取り返すために、由香を本気で抱いた。セラピストとしてのサービス精神から、リバース式の駅弁などというアクロバティックな体位を披露してしまったが、時間がなかったのだから射精までしなくてもよかったはずなのだ。

だが、鏡に向かって大股を開き、その中心を自分の男根で貫かれている由香の姿は限度を超えて悩殺的だった。そのうえ、視線を合わせてきた。鏡の前でセックスしたのは、由香の自己愛を満たすためだったのに、彼女はオルガスムスに達する寸前、鏡越しに加治を見ていた。火花が散りそうなほど視線と視線をぶつけあいながら、呼吸を合わせて恍惚《こうこつ》を分かちあった。

恋に落ちるな、というほうが無理な相談だろう。

相手は国民的アイドルであり、恋愛を遠ざけ、ノースキャンダルを貫くために、女風を利用している。そんな相手を好きになっていいはずがなかったが、彼女はきっと近々また自宅に加治を呼ぶだろう。

「こんなの初めてだった……こんなにすごいの初めてだった……」

二度目の絶頂が過ぎ去ったあと、まだ呼吸も整わないのに、彼女は何度もそう言ってきた。時刻は無情にも午前四時になってしまい、加治はコンドームをはずす暇すら与えられず、地下駐車場に連れていかれた。

だが、手応えは感じていた。事後にゆっくり話をする時間もなかったけれど、由香はかならずやまた自分を指名してくれるだろう。

怖かった。

好きな女とセックスできるのは嬉《うれ》しいが、恋する気持ちを隠したまま、仕事に徹することができるのか、不安で不安でしかたがなかった。

正月が過ぎてしばらくすると、店も通常運転に戻った。

キャリアウーマンの客は仕事に戻り、人妻の客がポツポツ戻ってきたりして、加治の心にも多少の余裕が生まれたころだった。

土田に呼びだされた。

ずいぶんと久しぶりに会うことになったのだが、基本的に加治と土田は友達でもなければ上司と部下の関係でもない。土田は店の幹部だが、だからといって講習が終わってからはあれこれなにかを指示されたことはなかった。新宿三丁目のバーで偶然顔を合わせ、吉原のマユミを紹介されたのは、あくまでもイレギュラーな出来事なのである。

「いったいなんだろうな……」

嫌な予感を覚えながら、待ち合わせ場所に指定された大久保《おおくぼ》にある店に向かった。東南アジアのどこかの国のエスニック料理店だった。店に入ると、ベトナム人かミャンマー人かネパール人か、よくわからない外国人がよくわからない言葉で話をしながら食事をしており、日本語はまったく聞こえてこなかった。

土田は店のいちばん奥にあるテーブル席でビールを飲んでいた。小ぶりの瓶に見たこともない図柄のラベルが貼られている。

向かいの席に腰をおろしながら訊《たず》ねると、

「ここ何料理の店なんですか?」

「さあな」

土田はニコリともせずに答えた。

「タイでもラオスでもカンボジアでも、どこだっていいじゃねえか。この店のいいところは、日本語が通じる人間がひとりもいないってところさ。よって料理はなにも頼めない。ビールは頼める。『ビア、ビア』とジェスチャーまじりで言ってやれば通じるから、やってみな」

「はあ……」

加治は気の抜けた返事をしつつ、注文をとりにきた店の人間に「ビア、ビア」と飲む仕草をしながら言ってみた。ちゃんとビールが運ばれてきた。土田が飲んでいるのとは違う銘柄だったが……。

「仕事、頑張ってるじゃないか。指名数は右肩あがり、この調子でいけば俺もそのうち抜かれるな」

「やめてくださいよ。なにもかも土田さんのおかげなんですから」

「ハッ、せっかく褒めてやってるんだから素直に喜べばいいじゃないか」

「そんなことより……」

加治は声をひそめて身を乗りだした。ビールには口もつけていなかった。

「日本語がいっさい通じない店に呼ばれたってことは、要するに密談がしたいわけですよね？」

「察しがいいな」

土田は柔和な笑みを浮かべてうなずいた。

「気になるんで、先に話を聞かせてもらっても……」

「いいぜ。国民的アイドルの事務所から、社長に電話が入ったらしい。予約ならＬＩＮＥですませられるにもかかわらずだ」

加治の心臓はにわかに早鐘を打ちだした。国民的アイドルとは、もちろん花村由香のことである。

「なんの用事が……」

「セラピストの指名を変更したいらしい」

「えっ……」

「おまえさんのこと、けっこう気に入っているって話だったのにな。年末、なんかあったのかい？」

「いえ……」

加治は青ざめた顔で首をかしげた。

「仕事なら過不足なくしたつもりで……」

「ふうん」

土田はビールを飲み、加治にも勧めた。ひと口飲んだが、味なんてまったくわからなかった。

「実は向こうもそう言ってる」

「えっ……」

「セラピストに不手際があったわけじゃない、その点だけは強調しておきたいってね」

「……そうですか」

「なんか心あたりは？」

「……ありません」

心あたりがあるとすれば、ひとつだけだ。加治と由香は、仲よくなりすぎてしまった。一緒に酒を飲んだこともなければ、夜通しおしゃべりしたこともない。だが、男と女はたった一度のセックスで、気持ちが通じあってしまうことがある。加治は最近、そのことばかりを考えている。

つまり……。

恋愛禁止、ノースキャンダルの宿命を背負った国民的アイドルは、恋の予感を察して加治を遠ざけることにしたのではないだろうか？

とんでもない勘違いかもしれない。あれだけの人気者が自分に恋をしそうだなんて、さすがにあり得ないような気もする。

だが、その一方で、気持ちが通じあっていることをまるで疑っていない自分がいる。いまはまだ小さな恋の萌芽《ほうが》かもしれないけれど、このまま指名を続ければ恋に落ちてしまうと彼女はきっと考えている。

「さすがだな」

「……はい？」

ぼんやりしていた加治は、ハッとして土田を見た。

「鉄壁のディフェンスだよ。おまえさんの言い分を信じれば、それ以外に考えられない」

「どういうことです？」

「おまえさんのことを好きになりそうだったんだろ」

「彼女がですか？」

「客がセラピストに恋をするなんてよくある話さ。だが、抜き差しならなくなるずいぶん手前で引き返せるのはさすがだよ。彼女に感謝したほうがいい」

「はあ……」

「あとはまあ、老婆心ながらのアドバイスだが、セラピストが客に恋してしまうのもよくある話だぜ。もちろん、ろくな結末は待ってない。おまえさん、セラピストの仕事を忘れて、客と本気で寝たりしてないだろうな？」

「まっ、まさか……」

加治はひきつった顔で苦笑するしかなかった。セラピストの仕事は本当に難しい。やさしいだけではダメ、本気になりすぎてもダメ——提供しているものがセックスである以上、想定外の出来事が起こることさえ想定しておかなければならないらしい。それくらいの心構えがなければ、落ちたら最後の落とし穴がぽっかり口を開けていることに気づけない。

「まあいいや……」

土田は飲み干したビールの瓶を、ドンとテーブルに置いた。

「ややこしい話はここまでにしよう。国民的アイドルは、とにかくおまえさんを指名しないことにした。本人の判断だと思うが、事務所がなにかを嗅ぎつけたのかもしれない。いずれにせよ、おまえさんははずされた。だが、店の利用そのものは継続するみたいだから、女風は失望されなかったんだ……この事実は大きいよ。おまえさんの手柄と言っていい。ご褒美に旨《うま》い焼肉奢《おご》ってやるから、ついてこい」

土田はテーブルに一万円札を置いて立ちあがった。

「いやいや、ビール二本に一万円はさすがに払いすぎじゃ……」

聞く耳をもたずに店を出ていこうとする土田を追って、加治は大久保の街に飛びだした。

2

冬の寒さもピークに達した、二月半ばのある日のことだ。

加治はコートの襟を立てて、厳寒の深夜にもかかわらず賑《にぎ》わうことをやめようとしない歌舞伎町を歩いていた。目指す先はラブホテル街だ。

ひどく緊張していた。

今日の予約は河原凜々子、二十六歳。

女風遊びに飽きたのか、あるいは他の店、他のセラピストを気に入ったのか、この半年くらい指名されていなかったが、かつては週に一度はかならず予約が入っていた常連客である。加治の邪道セラピスト時代のことだ。

「えっ？　ええっ？」

ラブホテルの部屋で顔を合わせるなり、凜々子は眼を丸くした。

「どうしちゃったの？　見た目が全然違うんですけど……」

彼女が驚くのも無理はない。以前の加治はバンドマンもどきの長髪に革ジャン、傷だらけのブーツといういでたちだったが、いまはサラリーマンのような短髪にスーツ姿なのだ。

一方の凜々子も、リクルートスーツのようなものを着ていた。仕事帰り、ということである。デリヘルに勤めている彼女は、清らかで可愛《かわい》らしい容姿を際立たせるため、いつも新人ＯＬふうの格好で接客している。

「時が経《た》てば人間も変わるってことさ……」

加治は苦笑まじりにつぶやいた。かつての自分をよく知る女との再会に、いささか照れていた。

「それにしても変わりすぎじゃない？」

凜々子は財布から一万円札を二枚出して渡してきた。加治が受けとると、もう二枚、一万円札を出そうとしたのでそれを固辞する。

「料金体系も変わったんだ。追加料金なしでも、本番してほしいならするよ」

「……へええ」

凜々子は呆《あき》れたような顔になり、ふーっと深い溜息《ためいき》をついた。

「なんだか拍子抜けしちゃった。いきなりエッチする気分じゃなくなったな」

「マッサージをしようか？　前はけっこう適当だったけど、いまはわりと一生懸命やるぜ。試してみるかい？」

「マッサージかあ……」

　凜々子は力なく首を振り、冷蔵庫から缶ビールを二本取りだした。一本を加治に渡し、ベッドに腰かけてプルタブを開ける。ビールをひと口飲み、また深い溜息をつく。

「つまんない男に、なっちゃったね」

「そう？」

　加治は曖昧に苦笑した。

「わたし好きだったのに……いきなり涙が出るほどフェラさせられて、後ろから犯されながら髪引っぱられたり……」

「そう言うわりには、ここんとこお見限りだったじゃないか」

「旅に出てたの」

　凜々子は少し哀《かな》しげな眼つきで言うと、ビールを飲んだ。

「いつまで経っても借金が減らなくて、これじゃあよくないって地方遠征……九州・沖縄に売春ツアー」

「そりゃあ……大変だったな……」

風俗嬢には、地方遠征して稼ぐという方法がある。現地の安いホテルやウィークリーマンションに滞在し、店との往復をするだけの日々を送る。仕事に集中できると言えばできるし、日常生活から切り離されるから余計な金を使わなくてすむ。短期間で稼げるうえ、金が残るというメリットもあるが、知っている人間が誰もいない土地で、息抜きすることもできない中、売春だけをしつづけるのは、相当にストレスが溜《た》まるだろう。

その話を聞く前から、加治は凜々子が疲れきっているのを感じていた。黒髪のショートボブ、色白で整った顔立ち——「お嫁さんにしたいOLナンバーワン」な容姿はそのままなのに、疲れの塊がそこに座っているかのようだ。

もしかすると……。

以前もそうだったのかもしれない。邪道セラピストでは気づいてやることができなかったが、いまならわかる。

凜々子は疲れきっているだけではなく、傷だらけだった。体の傷ではなく、心や魂が傷つきまくっているのが手に取るようにわかる。

以前の加治もそうだったからだ。

自分でも気づいていなかったが、自分の行ないが自分を傷つけていたのだ。

「まあいいや……」

凜々子は飲み干した缶ビールの缶を潰してゴミ箱に投げこむと、乾いた笑みを浮かべて立ちあがった。

「真面目なサラリーマンみたいな人が相手じゃあんまり気が乗らないけど、前みたいに犯してよ。乱暴にして。顔以外ならぶったりしてもいい。できるだけひどく犯されたい……えっ?」

凜々子が小さく声をあげたのは、加治が抱擁したからだった。立ったまま、やさしく抱きしめた。

「ごめん。ひどく犯すことはできない」

「どうしてよ?」

「キミが本当に求めているものが、それじゃないからだ」

「なに言ってるの?　わたしがしてって言ってるんだから、求めているに決まってるでしょうが……」

「違うな」

加治は抱擁しながら凜々子の頭をやさしく撫《な》でた。

「人間なんて馬鹿なものさ。自分が求めているものを、自分で見失うことがよくある」

「はあ？　あなた、見た目が変わっただけじゃなくて、中身もすっかり変わったわけ？　なんか新興宗教の人みたいなんですけど。わたしはセックスしたいだけなのに……オマンコしたいのよ！　痺《しび》れるようなオマンコしてよ！　お金払ったんだから！」

口汚い言葉遣いに、加治は怯《ひる》まなかった。腕の中にいる凜々子はひどく哀しそうだった。淋《さび》しそうでもあった。つらい人生を歩んでいる女なのだ。ホス狂いで貯金も仕事も失い、借金まみれになった挙げ句の風俗嬢転落――つらくないわけがない。

しかし、風俗嬢がただ底辺でのたうちまわっている、哀しいだけの存在ではないことをわかってほしかった。

世の中には天使のような売春婦もいる。人を悦《よろこ》ばせることが自分の悦びである彼女のようになりたいと、加治は思っている。金のために体を売って傷つき、その傷を忘れるためにもっと深く自分を傷つけようとするのはやめたほうがいい。レイプじみたセックスで現実逃避しようとするなんて、間違っている。

「ねえ、聞いてるのっ！　前みたいに便所でわたしを犯しなさいよ！　あなたそういうの大好きでしょ！　わたしが力尽きて便器に顔突っこんだの見ながら、射精してたもんね！　もしかして笑いながら出してたんじゃないの？　鬼畜！　鬼畜なら鬼畜らしく、わたしをめちゃくちゃに……」

加治は凜々子の唇に人差し指を立てた。悪態はもう充分、という意味だ。

「三十分だけ、俺に時間をくれないか?」

「はあ?」

「俺は鬼畜なんだろう? 三十分だけ俺の好きにさせてくれよ」

「……なにがしたいわけ?」

「キス」

加治は凜々子の眼をのぞきこんで言った。凜々子は笑った。冷笑、という感じだったが、その唇に、加治は自分の唇を重ねた。

「うんっ……」

凜々子は眼を真ん丸に見開いた。びっくりした顔をしている。彼女には十回以上指名を受けているが、考えてみればキスをしたのは初めてだった。

チュッ、チュッ、と音をたてて、唇だけを重ねるキスを何度か続けた。それから、強く引き結ばれている凜々子の唇の合わせ目を、舌先でなぞった。すぐには口を開いてくれなかったが、加治はあわてなかった。何度も何度も合わせ目を舌先でなぞりながら、頭を撫で、背中をさすった。

凜々子がそっと口を開くと、遠慮がちに舌を差しこんでいった。こわばっている凜々子の舌をからめとり、ねっとりと重ねあわせていく。

「うんっ……うんんっ……」

凜々子は眼を泳がせながらも、次第に呼吸を合わせてきた。昂《たか》ぶる吐息をぶつけあいつつ、お互いの舌をしゃぶりあった。淫らなキスにはしないように、加治は意識していた。凜々子をいやらしい気分にしたいから、行なっているキスではなかったからだ。

心を開いてほしかった。

自分が敵ではないことを彼女にわかってほしかった。

「なんなのっ！」

凜々子が急に声を荒らげ、加治を突き飛ばしてきた。

「こんなっ……こんな甘いキスをすれば、わたしが癒やされるとでも思ってるわけ？　馬鹿にしないでほしいっ……馬鹿にっ……」

罵倒の言葉は続かなかった。凜々子は顔を真っ赤にして、ひっ、ひっ、と嗚咽《おえつ》をもらしはじめた。

「お願いだからいつもみたいに犯してよっ！　地方でも男を買ったけど、あなたくらいひどい男はいなかった。わたしはひどいことされたいのよっ！」

「ひどいことなら……」

加治は苦りきった顔で言った。

「客にされているだけで充分だろ」

身を寄せていくと、

「やさしくしないでっ！」

凜々子は再び突き飛ばしてこようとしたが、加治はさせなかった。強く抱きしめた。凜々子がいやいやと身をよじっても、離さなかった。

凜々子は泣きはじめた。嗚咽をもらすだけではなく、少女のように手放しで泣きじゃくった。号泣する彼女を、加治は抱きしめつづけた。彼女が泣き疲れておとなしくなるまで、離すつもりはなかった。

3

「こっち見ないでよ」

凜々子が背中を向けたまま言った。

「見たらまた泣くからね。本当よ……」

すっぴんを見られたくないから、彼女はそんなことを言っている。

加治と凜々子はバックハグの体勢で風呂に浸《つ》かっていた。加治の腕の中で、彼女は延々と泣きつづけた。最初は立った状態で抱きしめていたが、十分くらいでベッドに横になった。それから一時間くらい泣いていた。そんなにも泣きつづける大人の女を初めて見たが、加治は黙って抱きしめていた。

泣けばいいと思った。嫌なこと、つらいことを浄化させる涙もあるからだ。そういう涙であるのなら、いくらでも流せばいいし、黙って付き合うつもりだった。

泣き声が聞こえなくなると、風呂に誘った。放心状態だった凜々子は、黙って従った。泣き顔をシャワーで洗ってから、ハッと我に返った。化粧をすっかり落としてしまったことに気づいたからである。

「べつにすっぴんだって綺麗《きれい》なんじゃないか」

お湯の中でバックハグをしながら、加治は苦笑した。

「はあ？　女風のセラピストのくせに、女のすっぴんがどういうものか知らないの？　あー、やだやだ」

凜々子が拗《す》ねたように言う。女のすっぴんへの見識が足りないことに腹を立てているのではなく、腕の中で延々と泣きつづけていたのが恥ずかしいのだろう。彼女はきっと、泣きたくても泣けない女なのだ。だから、レイプまがいの乱暴なセックスを好む。イラマチオで喉奥を何度も突かれれば、涙が勝手に出てくる。哀しくて、淋しくて、つらくて泣いているわけではないと、自分に言い訳することができる。

「まあ、見るなと言うなら見ないけどね。安心してくれ」

加治は凜々子の肩にお湯をかけてやりながら言った。すっぴんの顔を見られなくても、眼の保養をしてくれるものは他にあった。お湯に浮かんでいるふたつの胸のふくらみが、バックハグをしているとよく見えた。巨乳とまでは言えないが、女らしい丸みが綺麗な美乳だった。乳首は赤い。あずき色でもピンク色でもなく、お湯の中でルビーのように輝いている。

十回以上セックスしているのに——加治は胸底でつぶやいた。凜々子の体をこんなにまじまじと眺めたのは初めてかもしれなかった。股間はパイパンだった。以前は陰毛があった気がするが、脱毛処理をしたのだろう。こんもりと盛りあがった恥丘の形が卑猥《ひわい》だった。

「お風呂から出たらさあ……」

凜々子が長い溜息をつくように言った。

「もう帰る時間ね。わたし、ちょっと泣きすぎたな……」

「俺、このあとなんにも予定ないから、延長すればいい」

「ハッ、商売上手」

凜々子が鼻で笑う。

「いや、金はいらないよ」

「えっ？」

「前にたくさんチップもらったからな。今日は俺のおごりだ」

「えええーっ！」

凜々子は振り返りそうになったが、あわてて前を向き直した。

「前は金の亡者みたいだったのに、いったいなにがあったわけ？　その豹変《ひょうへん》ぶり、怖すぎてドン引きなんですけど」

「そういう自分が嫌になったんだろうな……」

加治はつぶやくように言った。加治の両手は凜々子のウエストを抱いていた。それを上に這《は》わせていき、美しい双乳をすくいあげる。やわやわと揉《も》みしだいては、赤い乳首に軽く触れる。

「んんんっ……」

凜々子が身をよじる。加治は、ちょんと軽く触れただけだった。ごく軽いタッチにもかかわらず、彼女は敏感に反応した。激しく乱暴な刺激だけが、彼女を乱れさせるわけではないのだ。

「あんっ！」

凜々子が身をすくめる。加治の舌が、うなじを這ったからだ。彼女は黒髪のショートボブ、うなじを露《あら》わにしたヘアスタイルをしている。

「首が細くて長いから、この髪形がよく似合うな」

ささやきながら、うなじを何度も舐めあげ。下から上に、下から上に……そうしつつ、左右の乳首をいじりだす。激しく乱暴にするつもりはない。物欲しげに尖《とが》りはじめたふたつの突起を、お湯の中で泳がせるようにもてあそぶ。

「んんんっ……んんんんーっ！」

凜々子の体は身構えながら小刻みに震えている。くすぐったいのか、あるいはこんな甘い愛撫《あいぶ》で感じてなるものかと意地を張っているのか、いずれにせよ、あまり気持ちがよさそうではない。

まだ完全に心を開いてくれていないのだ。

「なあ」

後ろから声をかけた。

「こっち向いてくれよ。キスがしたい」

「なによ……」

凜々子が身をすくめながら上ずった声を返してくる。

「前はキスなんかしてくれたことないのに……」

「そうだな。間違ってた。反省してる」

「なんでキスしたいの？」

「男と女だからさ。金銭が介在する関係でも、やっぱりキスは重要だ」

「……ノーメイクな顔、笑わない？」

「約束する」

加治が答えると、凜々子は何度か深呼吸してから、ゆっくりと振り返った。女のすっぴんが無残なのは、眉毛をすべて剃《そ》り落としている場合だ。凜々子には自前の眉がしっかりあった。すっぴんでも可愛かった。いや、あどけなくすら見える素顔のほうが、むしろ可愛いくらいだった。

だが、そんなことを考えていられたのは束《つか》の間《ま》のことだった。彼女の小さな唇は半開きになっていた。キスがしたいということだ。

「うんんっ……」

唇を重ねると、凜々子のほうから積極的に舌を差しだしてきた。加治も舌を差しだして迎え撃つ。ねちゃねちゃと音さえたちそうな情熱的なキスをしつつ、加治は凜々子の乳首を愛撫した。いままでよりほんの少しだけ刺激を強くして、つまんだり、転がしたりした。

「うんんっ！　うんんっ！」

凜々子の眼の下が生々しいピンク色に染まってくる。あどけなく見えるすっぴんでも、欲情も露わな表情になると、二十六歳の大人の女の顔になる。

加治は舌をからめあい、左手で乳首を愛撫しながら、右手を凜々子の下半身に這わせていった。お湯の中に沈んでいる恥丘を右手ですっぽり覆い、ぐっ、ぐっ、ぐっ、と恥丘の麓《ふもと》を押してやる。

「あああっ……」

凛々子はキスをといて声をあげた。すぐにもう一度唇を押しつけてきたが、恥丘の麓にはクリトリスがある。女の体の中でいちばん敏感な性感帯は、直接いじらなくても、圧を加えてやるだけで感じるものだ。

加治の右手の中指は、女の割れ目にぴったりと密着していた。まだ愛撫はしていなかったが、ぐっ、ぐっ、ぐっ、と恥丘の麓に圧を加えていくうち、ヌルヌルしはじめた。お湯とは違う粘り気のある発情の蜜が、割れ目の奥から滲みだしてきたようだ。

「ほっ、本当はうまいのね……」

凛々子は眼の下を赤く染めた顔で、悔しげに眉をひそめた。

「電マを使うしか能がない人だと思ってたのに……すっ、すごい感じちゃうんですけど……」

彼女は売れっ子のデリヘル嬢である。一日に十人の客をとることもあるらしい。夫しか男を知らない女に同じ台詞《せりふ》を言われるより、凛々子に指技を褒められるのは嬉しかった。

もちろん、だからといって調子に乗り、肉穴に指を入れるようなことはしなかった。女は体の構造上、お湯の中で性器を愛撫されることに潜在的な不安がある。雑菌が入ってしまわないだろうかと思ってしまう。だから、お湯の中では恥丘の麓に圧を加えるくらいがちょうどいい。

4

眼の下だけではなく、凜々子の顔全体が真っ赤に染まってきた。おまけに額に汗の粒まで浮かんできたので、風呂から出ることにした。

「変なことするから、のぼせちゃったじゃない……」

ふらふらしている凜々子の体を、加治はバスタオルで丁寧に拭いてやった。自分の体はあとまわしだ。客と一緒に風呂に入った場合、かならずそうすることを心掛けている。

「あーっ！」

部屋に戻ると、凜々子は奇声をあげてベッドにダイブした。あらかじめ掛け布団ははずし、いつものように柔らかいタオルをシーツの上に敷いてあった。浴槽にお湯を溜めている間にオイルウォーマーやＬＥＤキャンドルもセッティングしてあったが、凜々子はマッサージを望んでいないようだった。いや、マッサージをされるより、もっとしたいことがあるようだった。

「来て……早く……」

のぼせているくせに、両手をひろげて加治を求めた。身を寄せていくと抱きつかれてキスをされ、さらに馬乗りになられた。

「今度はわたしにさせて……」

「いや……」

加治は苦りきった顔になった。女風は男が女に奉仕するところだから、こちらが感じさせてやりたい。そもそも凜々子の場合、仕事で男に奉仕しているのだ。金を払ってまで、そんなことをさせるのは心苦しい。

「したいからするの。いいでしょ？」

凜々子が真顔で見つめてくる。加治は眼を泳がせた。女が男に奉仕するのは女風にそぐわない気がしたが、あれもダメこれもダメでは、凜々子も楽しめないだろう。レイプまがいの乱暴なセックスには応じることができない以上、ここは譲るしかなさそうだった。

「……ぅんんっ！」

加治が了解を伝える前に、凜々子は上から唇を押しつけてきた。ねっとりと舌をからめあいながら、耳や首筋を撫でてくる。さすがにうまかった。先ほど加治の指技を褒めてくれたが、耳に触られただけでビクッとしてしまった凜々子の指使いも、なかなかのものである。

加治の体の上で四つん這いになっている凜々子は、首筋や胸にキスの雨を降らせてきた。それから、ゆっくりと後退《あとずさ》っていった。男の乳首を吸い、舐め転がしてくるテクニックもいやらしかったが、加治の両脚の間に陣取り、いよいよ口腔《こうこう》奉仕を始めると、加治の息はとまった。

「うんんっ……うんんっ……」

はずむ鼻息も可愛らしく、凜々子は男根をしゃぶってきた。双頬《そうきょう》をべっこりとへこませて強く吸ってきたかと思えば、口内で大量の唾液を分泌させつつ唇をスライドさせる。緩急のつけ方が抜群にうまいし、両手も遊んでいなかった。唾液に濡《ぬ》れた男根の根元をしごいたり、玉袋をあやしたり、挙げ句の果てには蟻《あり》の門渡《とわた》りを爪でくすぐってきたりした。

蟻の門渡りは玉袋と肛門《こうもん》の間にある筋で、ここを刺激すると男性機能が増幅すると言われている。俗説なので真偽のほどは定かではないが、そういうところを刺激されるのは興奮する。力強く勃起してわたしを貫いて、と言われている気がするからである。

蟻の門渡りを刺激する以外にも、凛々子の愛撫からは同様のメッセージが伝わってきた。彼女のフェラチオはただ技巧的なだけではなく、もっと硬く勃起することを祈り、願っているようなのである。技工を超える情熱に、加治は身をよじらずにいられなかった。両脚が自然と開いていき、腰を反らせ、何度か声までもらしてしまった。

「すっ、すごいな……」

興奮に上ずりきった声で言った。

「こんなにすごいフェラをされたの、初めてだ……」

「営業ツールよ」

凛々子は照れくさそうに顔をそむけた。

「こう見えて真面目な性格なの。風俗嬢になるからには、絶対稼げる風俗嬢になりたくて、いろいろ研究したってわけ」

言葉と容姿がハレーションを起こしていた。熟練の風俗嬢のようなことを言いつつも、凛々子は清潔感や透明感あふれる容姿をしている。髪形は真っ黒いショートボブだし、それがいちばん自分を輝かせると計算してリクルートスーツ姿で接客している。

要するに、風俗嬢にはまったく見えない。どう見てもオフィスの華である若いO

しだ。もちろん、それゆえに人気があるのだろうが……。

「ああっ、ダメッ……もう我慢できないっ……」

凜々子は欲情しきった顔でつぶやくと、自分の股間に右手を伸ばした。まさかオナニーを始めるのかと加治は一瞬焦ったが、そうではなかった。

「もう濡れてるから、入れていい？　はっきり言ってヌルヌル。自分でもちょっと引いた……」

小動物のような俊敏さで身を翻し、加治の腰にまたがってくる。客にフェラをされたのだから、念入りなクンニでお返しするのがセラピストのマナーだとわかっていても、加治は動けなかった。凜々子が欲しくなってしまったからだ。

「ちょっと失礼……」

凜々子は勃起しきったペニスにコンドームを被《かぶ》せると、両膝を立てた。和式トイレにしゃがみこむような大胆なM字開脚を披露して、性器と性器の角度を合わせた。

「入れるよ……」

両脚をひろげたまま、凜々子は腰を落としてきた。ずぶっ、と亀頭が割れ目に沈んだ。加治はまばたきも呼吸も忘れて凜々子を見上げていたが、彼女は最後まで腰を落としてこなかった。

「ああっ……」

男根を半分ほど咥《くわ》えこんだ状態で、股間を上下に動かしはじめた。

「みっ、見てっ！　凜々子のエッチなところよく見てっ！　パイパンだからよく見えるでしょっ！」

言いながら、股間を上下に動かす。アーモンドピンクの花びらが、血管を浮かせて勃起している肉の棒にぴったりと吸いついている。まるで女の割れ目でフェラチオをされているような感じがする。

「こっ、これも営業ツールかよ？」

加治は顔を歪《ゆが》めて訊ねた。額から脂汗が噴きだしてきた。営業ツールであろうがなかろうが、途轍《とてつ》もない快感がこみあげてくる。割れ目でフェラをされるのも気持ちいいが、ヴィジュアルもすごい。そういうことをやりそうもない女が開脚騎乗位をし、さらにひどく感じているように見えるからだ。

「営業ツールですが、なにか？」

凜々子は澄ました顔で答えた。いや、小憎たらしい澄ました顔をつくろうとしたようだが、彼女の可愛い顔はいやらしいくらいに紅潮し、発情を隠しきれなかった。股間が上下に動きつづけているからだ。

「売れっ子の嬢になれるわけだ……」

「褒めてくれてる？」

「ああ……」

加治はうなずいたが、ただ褒めたかっただけではなく、心中は複雑だった。こちらは女風のセラピスト、女を気持ちよくするのが仕事なのに、翻弄されている。デリヘル嬢が客を相手に使っているテクニックというのが、また悔しい。プロ対プロの勝負に負けている気がしてならない。

ならば……。

そろそろ反撃の狼煙《のろし》をあげなければならないだろう。

「えっ……」

M字に開いている凜々子の両脚——左右の太腿《ふともも》を下から支えるように持ってやると、彼女は小さく驚いた。加治がそうしたことで、股間を上下に動かすことができなくなったからである。

加治は凜々子の両腿を支えた状態で、両膝を立てた。下からピストン運動を送りこむためである。まずはゆっくり、スローピッチで抜き差ししてやる。

「ちょっ……まっ……あああーっ！」

凜々子は焦った。性器と性器をこすり合わせているのは一緒でも、自分で動くのと相手が動くのでは、いささか感覚が異なってくる。とくに女はそうなのかもしれない。ぐいぐいと下からリズムを送りこむほどに、凜々子は余裕をなくしていった。

顔を紅潮させてハアハアと息をはずませること以外、なにもできなくなっていく。

「あううーっ！」

Ｍ字開脚の中心をずんっと深く突きあげてやると、凜々子は甲高い声をあげてのけぞった。衝撃にバランスを崩しそうになった。両手を後ろにまわして加治の両膝をつかみ、なんとか開脚騎乗位を維持する。

悩殺的な光景が目の前に出現し、加治は生唾を呑《の》みこんだ。凜々子はパイパンだった。上体を後ろに反らせ、股間を出張らせるような格好になれば、いままでに輪をかけていやらしすぎる格好になる。

だが、加治の目論見《もくろみ》は眼福だけにあったわけではない。出張らせている凜々子の股間には、自分の男根が深々と咥えこまれている。そして無防備だ。まるでピストン運動以外の愛撫を求めているように見える。

「はっ、はぁうううううーっ！」

親指ではじくようにクリトリスを刺激してやると、凜々子は吠《ほ》えるような声をあげた。その体位が素晴らしいのは、女がなにもできないことだ。バランスをとるために両手は塞がっているし、両脚を閉じようとしてもこちらに阻止される。あられもない格好のまま防戦一方になるしかないから、必然的に嬌声《きょうせい》だけが大きくなっていく。

加治は親指でクリトリスをはじきつつ、下からピストン運動を送りこんだ。今度はスローピッチではなかった。ずんずんっ、ずんずんっ、と最奥に連打を叩《たた》きこんでやる。クリトリスへの刺激も、親指の付け根が痺れるほど加速させていく。

「はぁあああーっ！　はぁあああーっ！　はぁうううーっ！」

凛々子がよがる。可愛い顔を真っ赤に燃やし、ショートボブの黒髪を振り乱して、よがりによがる。

たまらない光景だった。先端で赤い乳首が尖っているふたつの胸のふくらみが、いやらしいほど揺れはずんでいる。ずんずんっ、ずんずんっ、と突きあげるたびに、凛々子の紅潮した顔は切羽つまっていく。

5

「はっ、はぁあああーっ！　ダッ、ダメッ……ダメダメダメッ……イッ、イッちゃうっ……そんなにしたらイッちゃうううううーっ！」

首にくっきりと筋を浮かべ、いまにも泣きだしそうな顔で凛々子は叫ぶと、次の瞬間、全身をこわばらせた。

「イッ、イクッ！　イクイクイクイクーッ！　はぁああああああーっ！」

ビクンッ、ビクンッ、と腰を跳ねさせて、凜々子は絶頂に達した。いままで彼女を抱いた中で、もっともいやらしいイキ方だった。意思の力ではなく、体が勝手に痙攣《けいれん》している。股間をしゃくるような動きで、オルガスムスをむさぼり抜こうとする。

「あああっ！」

あまりに激しく股間をしゃくったせいで、男根が抜けた。凜々子はひどく恥ずかしそうな、それでいて未練がうかがえる複雑な表情を見せたが、加治にとってはチャンスだった。

いまのいままで自分の男根を咥えこんでいた肉穴に、右手の中指を入れた。鉤《かぎ》状に折り曲げた指先を、Ｇスポットに引っかけるようにして抜き差しを開始する。

「いっ、いやあああああーっ！」

眼を見開いて顔中をひきつらせた凜々子の顔は、さながらモンスターに襲われたホラー映画のヒロインだった。

「ダメダメダメッ……もうイッたからっ！　イッたばっかりだからっ！　あああああああーっ！」

叫び声をあげて哀願しつつも、凜々子は感じているようだった。肉穴の締まりが尋常ではなかった。そのくせ蜜は大量にあふれて、鉤状に折り曲げた指を抜き差しすると、ぬんちゃっ、ぬんちゃっ、と粘っこい音がたつ。

「ああぁっ、ダメッ……ダメダメダメッ……ダメなのにイッちゃうっ……またイッちゃうううーっ！」

ぐーっとGスポットを押しあげてやると、凜々子は再び腰を跳ねさせてオルガスムスに駆けあがっていった。潮まで吹いていた。限界を超えた快感を知らせる細かい飛沫《しぶき》が飛び散って、加治の腹や胸を濡らした。

「ああああぁっ……」

イキきったようなので指を抜いてやると、凜々子はぐったりと弛緩《しかん》させた体を加治に覆い被せてきた。素肌が熱かった。汗もずいぶんかいている。凜々子はしばらくの間、呼吸を整えること以外なにもできなかった。頬と頬が重なりあう体勢になっているので、表情もうかがえない。

「……負けちゃった」

まだ息がはずんでいるのに、凜々子は言った。

「たまにはわたしが翻弄してやろうと思ったの。お客さんには負けたことないけど、あんたには全然ダメだった。まるで歯が立たない。すごいね……」

悔しそうな口調でなく、なぜかひどく嬉しそうだ。

「でも、負けるのも悪くないね。うん、悪くない。わたしけっこうな負けず嫌いなんだけど、いまは清々《すがすが》しい気分……」

凜々子は加治の上でもぞもぞと動きだした。もう一度結合したいようだったので、加治は両膝を立ててフォローした。女がペニスに手を添えなくても、騎乗位で結合することは可能だ。それが体の相性の良し悪《よしあ》しのバロメーターとさえ、加治は思っている。

凜々子とはノーハンドで、すんなり結合を取り戻すことができた。体の相性がいいのか、百戦錬磨のデリヘル嬢だからかは、まだわからなかったが……。

「これは営業ツールじゃないよ……」

凜々子は加治の眼をのぞきこみながら言った。

「体と体がぴったりくっついている体位が、いちばん好き……好きな人が相手だと、こうしてるだけで幸せな気分になる……」

「俺はセラピストだぜ」

「そうだけど……」

眼を見合わせて笑う。

「ちょっとは恋人気分に浸らせてよ。乱暴にしてくれないんだから、それくらいいいでしょ」

「……ああ」

チュッ、と音をたててキスをしてやる。凜々子は満足げな笑みをもらし、今度は彼女のほうからキスをしてきた。舌と舌とをからめあい、唾液が糸を引くディープキスが始まる。

「……あのさ」

淋しいのか？　と加治が問いかけようとすると、凜々子はそれを察したように加治の手を取り、人差し指を口に含んだ。答えるつもりはない、という意思表示らしい。

加治は乾いた笑みをもらしながら、凜々子の舌をもてあそんだ。口の中を指でいじられるのが好きなのだろう、凜々子の顔がみるみるいやらしく蕩《とろ》けていく。体も動きだす。ごく控えめな動きながら、股間に咥えこんだ男根をびしょ濡れの肉穴でこすりたててくる。

「あああっ……」

凜々子が声をもらしたので、加治は右手で彼女の口の中をまさぐりながら、左手で女体を抱きしめた。

淋しいのか？　――我ながら馬鹿な質問をしようとしたものである。人は淋しさを忘れるために恋をする。恋だけが人から淋しさを取り除いてくれる。だが、風俗嬢にとってまともな恋愛はハードルが高い。女風のセラピストも同じことだ。仕事でセックスをしながら、どうやってたったひとりの恋人を愛していいかわからない。愛してもらえる自信もない。淋しくないわけがない。

「あああっ……あああああっ……」

凜々子が舌をもてあそばれながら見つめてくる。黒い瞳が溺れてしまいそうなほど、喜悦の涙を浮かべている。

イキたがっている女の顔だった。加治は凜々子の口から指を抜くと、両手で彼女を抱きしめながら上体を起こした。四つん這いになっていた彼女の体をひっくり返し、騎乗位から正常位へと体位を変える。

恋人気分に浸りたいなら、浸らせてやるのがセラピストの仕事だった。強く抱きしめ、体と体を密着できるところまで密着させながら、腰を動かしはじめる。慈しむように、愛《いと》おしむように……。

「あああっ……」

凜々子がせつなげに眉根を寄せて見つめてくる。加治は見つめ返しながらピストン運動のピッチをあげていく。凜々子の肉穴はよく濡れているのに、ひどく締まる。乱暴なことなんかしなくても、充分に気持ちがいい。ずんずんっ、ずんずんっ、と最奥を突けば、凜々子はぎゅっと眼を閉じる。だが、すぐに眼を開けて見つめてくる。恋人を見つめる眼つきで……。

「あああっ……はぁあああっ……はぁああああああーっ！」

よがり泣く声が一足飛びに甲高くなっていき、それでも眼を見開いて加治を見つめつづける。まるでなにかを伝えたいように……。

気持ちがいい、ということだけではないだろう。恋人気分に浸れている、と言いたいのだろうか？　そんな気がしてならない。

つまり……。

彼女はこんなふうにかつての恋人に抱かれたことがあるのだ。あるいは、こんなふうに未来の恋人に抱かれたいという希望があるのかもしれない。そう思うと、加治の男根には力がみなぎり、鋼鉄《こうてつ》のように硬くなっていった。恋人気分に浸りたいのは、なにも彼女ひとりだけではなかった。

それが危うい感情とわかっていても、心から凜々子が愛おしくなってくる。自分の男根でよがり泣いている女を、愛おしいと思わない男はいない。いや、そう思えないうちは、セックスをする資格なんて本当はないのだ。加治の中に、邪道セラピストはもういなかった。たとえ仕事であれ、セックスをしているときは相手に恋をしたい。思いきり愛し抜きたい。いま凜々子としているように、ひとつになっている実感が欲しい……。

「あああああーっ！」

凜々子の可愛い顔がいやらしいほど歪みに歪んだ。

「イッ、イッちゃいそうっ……もうイッちゃいそう……」

加治はうなずき、

「こっちも出そうだ」

絞りだすような声で返した。

「一緒にイコう……」

「うん……うん……」

凜々子はうなずくと、強い力で加治にしがみついてきた。ずんずんっ、ずんずんっ、と最奥を突かれるリズムに乗って、下から腰を使ってきた。急に下半身が暴れだした感じだった。それに釣られ、加治のピストン運動も限界まで高まっていく。凜々子の体が浮きあがるほどの勢いで、突いて突いて突きまくる。

ふたりはもはや、恋人気分になんて浸っていなかった。

いまだけは恋でも愛でもなく、頭が真っ白になるほどの衝撃的な快感が欲しい。それが間違っていることだとは思えなかった。普通の男女でも、おそらくそれが正解だ。睡眠そのものを誰かとシェアすることができないように、絶頂や恍惚を相手と分かちあうことはできない。

だが、できることもある。絶頂や恍惚を与えてやることはできる。

「あああっ、もうダメッ！　ダメダメダメッ！　イッ、イクよっ！　わたし、イッちゃうよーっ！」

「こっちもだっ……」

加治はうなずき、フィニッシュの連打を開始した。よく濡れた肉穴に、最後の力を振り絞って渾身《こんしん》のストロークを叩きこんでいく。ずちゅっぐちゅっ、ずちゅっぐちゅっ、という淫らな肉ずれ音がどこまでも高まっていき、凜々子が必死の形相で下から股間を押しつけてくる。

「イッ、イクッ！　イクイクイクイクッ……はぁあああああああーっ！」

ビクンッ、ビクンッ、と腰を跳ねあげて、凜々子が絶頂に達した。体中の肉という肉を痙攣させている女体を強く抱きしめ、加治は最後の一打を放った。ドクンッという爆発的な衝撃とともに、男根の芯に灼熱《しゃくねつ》が走り抜けていった。ドクンッドクンッとたたみかけるように訪れる快感に全身を打ちのめされ、野太い声をもらしながら身をよじらずにはいられなかった。

「おおおおっ……おおおおおおっ……」

「あああっ……ああああああっ……」

喜悦に歪んだ声を重ねあわせて、お互いに身をよじりあった。素肌と素肌が、汗でヌルヌルとすべった。紅潮しきってくしゃくしゃになった凜々子の顔は、この世のものとは思えないほど可愛かった。言い様のない多幸感を覚えながら、加治は最後の一滴まで男の精を漏らしきった。

絶頂や恍惚を誰かと分かちあうことはできない。だが、与えてやることはできる。与えあうことも、また……。

エピローグ

五分歩いただけで汗がとまらなくなる酷暑の午後、加治は新宿歌舞伎町を歩いていた。仕事ではなかった。向かっている先はラブホテル街ではなく、歌舞伎町を抜けたところにある新宿区役所だ。

婚姻届を出しにきた。

肩を並べて歩いている凜々子は、汗まみれの顔で笑っている。眼が合うと加治も自然と笑みがこぼれてしまう。

同棲《どうせい》を始めたのは極寒の二月だった。凜々子にはホス狂いによって背負ってしまった数百万の借金があり、それをふたりで返しおえたら結婚しようと約束した。もう少し時間がかかるかと思ったが、意外なほど早く返済が終わった。結婚となるといろいろと準備が必要なものだが、とにかく籍を入れてしまいたいと凜々子が言った。加治に異論はなかった。凜々子が言わなかったら、こちらから言いだしていただろう。

お互いに仕事は続けていた。

借金を返済するためでもあったが、それがなくなっても転職は考えていなかった。ただ、加治は元の女風の店にいまも在籍しているが、凜々子はデリヘルからソープランドに移った。

そちらのほうが儲《もう》かりそうだったから、ではない。加治は凜々子に、吉原のマユミを紹介した。浅草のすき焼き屋に招待し、三人で一緒に飲んだ。

それが縁となって、凜々子はマユミの働いている店に移ったのだ。

凜々子は、加治が傾倒しているマユミに強い興味をもったようだった。加治としても、そうなることを期待していた。「うちのお店に入店すれば、わたしが講習してあげるわよ」とマユミが言い、それが凜々子が店を移った最大の理由となった。

最初はマユミと同じ店で働いていた。そこは九十分三万円の大衆店だったが、仕事ぶりが認められ、ひと月もしないうちに系列の超高級店への移籍を勧められることになった。

「わたしはもう歳《とし》だから馴染《なじ》んだこの店でのんびり働きたいけどね、あなたはチャンスだから移ったほうがいいと思う」

マユミがそう言って背中を押してくれたらしい。

超高級店の仕事はシビアなことも多かったが、稼ぎは大衆店の三倍にもなったらしい。おかげで予想外に早く借金を返済することができたのである。

加治は凜々子に土田のことも紹介した。すでに同棲していることも、借金を返済したら結婚する予定であることも、すべて正直に話した。

「まったく、おまえさんくらい人の話を聞いてないやつもいないよ」

土田は呆《あき》れたように言った。

「客には絶対に恋をするなって教えただろが。しかも、ソープ嬢？　セラピストとソープ嬢が結婚して、長続きするわけないじゃないか……」

言葉は辛辣でも、土田はニコニコと笑っていた。

「まあ、おまえさんの人生はおまえさんのものなんだから、好きにすればいいさ。チンポが勃《た》つうちに人生を楽しめ」

土田は「ご祝儀だ」と言って、財布に入っている札をすべて抜いて渡してきた。ざっと二十万はありそうだった。加治はもちろん丁重に断ったが、土田は一度出した金を引っこめる男ではなかった。

新宿区役所で婚姻届が無事受理され、加治と凜々子は晴れて正式な夫婦となった。セラピストとソープ嬢の夫婦なんて、土田でなくても長続きするはずがないと断言するに決まっているが、気持ちを抑えることはできなかった。

手を繋《つな》いで区役所を出て、炎天下の路上に戻った。お互いに立ちどまり、見つめあった。視線と視線がぶつかった。

「愛してる」

「愛してる」

同時に言って、キスをした。いつの間にか抱きあっていた。区役所通りを行き交う人々が冷たい視線を向けてきたが、関係なかった。婚姻届を出したら、焼肉屋で祝杯をあげる予定だった。その前にラブホテルに行こうと思った。凜々子と愛しあいたかった。

実業之日本社文庫
く 6 12

女風《じょふう》

2023年8月15日　初版第1刷発行

著　者　草凪《くさなぎ》 優《ゆう》

発行者　岩野裕一
発行所　株式会社実業之日本社
〒107-0062　東京都港区南青山 6-6-22 emergence 2
電話 [編集]03(6809)0473 [販売]03(6809)0495
ホームページ　https://www.j-n.co.jp/
DTP　ラッシュ
印刷所　大日本印刷株式会社
製本所　大日本印刷株式会社

フォーマットデザイン　鈴木正道（Suzuki Design）

ISBN978-4-408-55819-6（第二文芸）